A CIDADE INTEIRA DORME
E OUTROS CONTOS

A CIDADE INTEIRA DORME
E OUTROS CONTOS

RAY BRADBURY

seleção:
Ana Helena Souza

tradução:
Deisa Chamahum Chaves

2ª edição

BIBLIOTECA AZUL

Copyright © 2008 by Ray Bradbury

A Little Journey © 1951 by Ray Bradbury; The Garbage Collector © 1953 by The Nation Associates, renewed 1981 by Ray Bradbury; The Visitor © 1948 by Better Publications, renewed 1975 by Ray Bradbury; The Messiah © 1971 by Ray Bradbury; Colonel Stonesteel's Genuine Home-made Truly Egyptian Mummy © 1981 by Ray Bradbury; The Whole Town's Sleeping © 1950, renewed 1977 by Ray Bradbury; The Illustrated Man © 1950 by Esquire, renewed 1977 by Ray Bradbury; The Burning Man © 1976 by Ray Bradbury; The Fruit at the Bottom of the Bowl © 1948 by Ray Bradbury; The Dragon © 1955, renewed 1983 by Ray Bradbury; The Pedestrian © 1951 by the Fortnightly Publishing Company, renewed 1979 by Ray Bradbury; Trapdoor © 1985 by Ray Bradbury; Zero Hour © 1947 by Love Romances, Inc.

Copyright da tradução © 2008 by Editora Globo s.a.

Todos os direitos reservados. Nenhuma parte desta edição pode ser utilizada ou reproduzida – em qualquer meio ou forma, seja mecânico ou eletrônico, fotocópia, gravação etc. – nem apropriada ou estocada em sistema de banco de dados sem a expressa autorização da editora.

Texto fixado conforme as regras do novo Acordo Ortográfico da Língua Portuguesa (Decreto Legislativo no 54, de 1995).

Título original: Bradbury Stories

Editor responsável: Ana Lima Cecilio
Editor assistente: Erika Nogueira Vieira
Revisão da segunda edição: Lucimara Carvalho
Paginação: Negrito Produção Editorial
Capa: Delfin [Studio DelRey]
Foto da orelha: Ray Bradbury em julho de 1978, © Corbis Sygma / Stock Photos

1ª edição, 2008
2ª edição, 2013
3ª reimpressão, 2022

CIP-BRASIL. CATALOGAÇÃO NA PUBLICAÇÃO SINDICATO NACIONAL DOS EDITORES DE LIVROS, RJ

Bradbury, Ray, 1920-2012

B79c   A cidade inteira dorme e outros contos / Ray Bradbury ; tradução Deisa Chamahum Chaves. - 2. ed. - São Paulo : Globo, 2013. 192 p. : il. ; 21 cm.

Tradução de: Bradbury stories
ISBN 978-85-250-5556-9

1. Conto americano. 2. Ficção americana. I. Chaves, Deisa Chamahum. II. Título.

CDD: 813
CDU: 821.111(73)-3

13-06259

Direitos exclusivos de edição em língua portuguesa, para o Brasil adquiridos por Editora Globo S.A.
Rua Marquês de Pombal, 25 — 20230-240 — Rio de Janeiro — RJ
www.globolivros.com.br

SUMÁRIO

Uma pequena viagem 7
O lixeiro 17
O visitante 25
O messias 44
A autêntica múmia egípcia feita em casa 58
A cidade inteira dorme 77
O homem ilustrado. 100
O homem em chamas. 118
As frutas no fundo da fruteira. 128
O dragão. 143
O pedestre 148
O alçapão 155
A hora zero 168
Sobre o autor 185

UMA PEQUENA VIAGEM

Havia duas coisas importantes — uma, que ela era velha demais; outra, que o sr. Thirkell a estava levando para Deus. E ele não tinha dado um tapinha na mão dela e dito: "Senhora Bellowes, vamos partir para o espaço em meu foguete e encontrá-Lo juntos"?

E era assim que ia ser. Ah, este era diferente de qualquer outro grupo de que a sra. Bellowes já havia participado. Em seu fervor de iluminar um caminho para seus pés delicados e hesitantes, ela havia acendido fósforos ao descer becos escuros e encontrado seu caminho para os místicos hindus cujos bruxuleantes cílios, estrelados, pairavam sobre bolas de cristal. Ela havia trilhado os caminhos relvados com filósofos indianos ascéticos importados por filhas em espírito de Madame Blavatsky. Ela havia feito peregrinações às florestas de gesso da Califórnia para caçar o vidente astrológico em seu hábitat. Havia até mesmo consentido em abrir mão do direito a uma de suas casas a fim de ingressar em uma ordem de incríveis pregadores gritalhões que lhe haviam prometido fumaça dourada, fogo de cristal e a grande mão macia de Deus vindo carregá-la para casa.

Nenhuma dessas pessoas jamais abalara a fé da sra. Bellowes, mesmo quando ela as viu serem levadas na noite, ao som de sirenes, em um camburão preto, ou viu suas fotos, deprimentes e sem romantismo, nos tablóides matutinos. O mundo as havia oprimido e mantido em isolamento porque sabiam demais, era tudo.

E então, duas semanas antes, ela havia visto o anúncio do sr. Thirkell na cidade de Nova York:

VENHAM PARA MARTE!
HOSPEDEM-SE NO THIRKELL REPOUSORIUM
POR UMA SEMANA. E DEPOIS, VÁ PARA O ESPAÇO
NA MAIOR AVENTURA QUE A VIDA PODE OFERECER!
PEGUE O PANFLETO GRATUITO "MAIS PERTO DE TI,
MEU DEUS". PREÇOS DE EXCURSÃO. VIAGEM DE IDA
E VOLTA COM DESCONTO.

"Viagem de ida e volta", pensava a sra. Bellowes. "Mas quem ia querer voltar depois de vê-Lo?" E, então, ela havia comprado uma passagem e voado para Marte e passado sete dias agradáveis no Repousorium do sr. Thirkell, o prédio com a placa que piscava: FOGUETE DE THIRKELL PARA O PARAÍSO! Ela havia passado a semana se banhando em águas límpidas e apagando a dor de seus pequenos ossos, e agora estava inquieta, pronta para ser carregada no foguete espacial particular do próprio sr. Thirkell, como uma bala, a ser disparada lá fora no espaço, para além de Júpiter e Saturno e Plutão. E assim — quem poderia negar? — ficar cada vez mais perto do Senhor. Que maravilhoso! Não é que se conseguia *senti-Lo* se aproximando? Não é que se conseguia sentir Seu hálito, Seu olhar, Sua Presença?

"Aqui estou", disse a sra. Bellowes, "um elevador antigo em frangalhos pronto para subir pelo poço. Deus só precisa apertar o botão."

Agora, no sétimo dia, enquanto galgava com elegância os degraus do Repousorium, um monte de pequenas dúvidas a assaltava.

"Particularmente", ela disse em voz alta para ninguém, "aqui em Marte, não é bem a terra de leite e mel que eles disseram que seria. Meu quarto parece uma cela, a piscina é na verdade bastante inadequada e, além disso, quantas viúvas que parecem cogumelos ou esqueletos querem nadar? E, finalmente, o Repousorium inteiro cheira a repolho cozido e tênis!"

Ela abriu a porta da frente e deixou-a bater, com certa irritação.

Estava espantada com as outras mulheres no auditório. Era como perambular pelo labirinto de espelhos de um parque de diversões, sempre se deparando consigo mesma, o mesmo rosto empoado, as mesmas mãos de galinha e as pulseiras tilintantes. Uma após outra, as imagens de si mesma flutuavam diante dela. Estendeu a mão, mas não era um espelho; era uma outra senhora sacudindo seus dedos e dizendo:

"Estamos esperando pelo senhor Thirkell. Shh!"

"Ah", cochicharam todas.

A cortina de veludo se abriu.

O sr. Thirkell apareceu, fantasticamente sereno, os olhos egípcios sobre todos. Mas havia algo, entretanto, em sua aparência que fazia com que se esperasse que ele dissesse "Olá!", enquanto cães peludos pulavam por sobre suas pernas, através de seus braços fechados em arco e por sobre suas costas. Então, com cães e tudo, ele deveria dançar com um sorriso ofuscante de teclado de piano e sair para os bastidores.

A sra. Bellowes, em um canto secreto de sua mente que constantemente tinha de conter, esperava ouvir o som de um gongo chinês barato, quando o sr. Thirkell entrou. Seus grandes olhos escuros e líquidos eram tão improváveis que uma das velhas senhoras havia alegado brincalhonamente que vira uma nuvem de mosquitos pairando sobre eles como nos barris cheios de chuva de verão. E a sra. Bellowes algumas vezes captava o odor da naftalina do teatro e o cheiro de vapor em seu terno muito bem passado.

Mas com a mesma racionalização selvagem com que havia recebido todas as outras decepções em sua vida em ruínas, ela rechaçava a suspeita e sussurrava: "Desta vez *é de verdade*. Desta vez vai funcionar. Não temos um foguete?".

O sr. Thirkell fez uma mesura. Deu um repentino sorriso de máscara de comédia. As velhinhas viram sua epiglote e perceberam ali o caos.

Antes mesmo de ele começar a falar, a sra. Bellowes o viu escolher cada uma de suas palavras, lubrificá-las e certificar-se de que corriam bem sobre os trilhos. O coração dela se apertou como um pequeno punho e ela rangeu os dentes de porcelana.

"Amigas", disse o sr. Thirkell, e podia-se ouvir o gelo se quebrar no coração de toda a plateia.

"Não!", disse a sra. Bellowes antes do tempo. Ela podia ouvir as más notícias correndo para ela e ela mesma amarrada aos trilhos, indefesa, enquanto as imensas rodas negras ameaçavam e o apito gritava impotente.

"Haverá um ligeiro atraso", disse o sr. Thirkell.

No instante seguinte, o sr. Thirkell deve ter gritado, ou se sentido tentado a gritar "Senhoras, permaneçam sentadas!", como um menestrel, pois as mulheres haviam se levantado das cadeiras e se acercado dele, protestando e tremendo.

"Um atraso não muito longo", o sr. Thirkell levantou as mãos, dando tapinhas no ar.

"Quanto tempo?"

"Apenas uma semana."

"Uma semana!"

"Sim. As senhoras podem ficar aqui no Repousorium por mais sete dias, não podem? Um pequeno atraso não terá importância no fim das contas, terá? As senhoras esperaram toda uma vida. Somente alguns dias a mais."

A vinte dólares por dia, pensou a sra. Bellowes, friamente.

"O que há de errado?", uma mulher gritou.

"Um problema jurídico", disse o sr. Thirkell.

"Temos um foguete, não temos?"

"Bem, ss-sim."

"Mas estou aqui há um mês inteiro, esperando", disse uma velhinha. "Atrasos, atrasos!"

"É isso mesmo", disse todo mundo.

"Senhoras, senhoras", murmurou o sr. Thirkell, sorrindo serenamente.

"Queremos ver o foguete!" Era a sra. Bellowes adiantando-se, brandindo o punho como um martelinho de brinquedo.

O sr. Thirkell olhou dentro dos olhos das velhinhas, um missionário entre canibais albinos.

"Bom, agora?", disse.

"Sim, *agora*!", gritou a sra. Bellowes.

"Receio que...", ele começou.

"Eu também receio!", ela disse. "É por isso que queremos ver a nave!"

"Não, não, agora, senhora..." Ele estalava os dedos pedindo seu nome.

"Bellowes!", ela gritou.

Ela era um recipiente pequeno, mas agora todas as pressões ebulientes que haviam se acumulado durante longos anos eram liberadas pelas delicadas aberturas de seu corpo. As bochechas se tornaram incandescentes. Com um grito que parecia o apito melancólico de uma fábrica, a sra. Bellowes correu para a frente e se pendurou nele, quase que com os dentes, como um cão dos Alpes ensandecido pelo verão. Ela não iria e nunca poderia largá-lo a não ser depois de morto, e as outras mulheres acompanharam, pulando e rosnando como uma matilha investindo contra seu treinador, o mesmo que as havia acariciado e para quem elas se agitavam e ganiam alegremente uma hora atrás, agora cercando--o, amassando suas mangas e afugentando a serenidade egípcia de seu olhar.

"Por aqui", gritou a sra. Bellowes, sentindo-se como Madame Lafarge. "Por trás! Esperamos tempo demais para ver a nave. Toda hora ele adia, todo dia ficamos à espera, agora vamos ver."

"Não, não, senhoras!", gritou o sr. Thirkell, saltando para lá e para cá.

Elas atravessaram em bando a parte de trás do palco e saíram por uma porta, como uma inundação, arrastando consigo o pobre homem para dentro de um galpão e depois para fora, entrando muito repentinamente em um ginásio abandonado.

"Ali está!", disse alguém. "O foguete."

E então fez-se um silêncio que era terrível de suportar.

Lá estava o foguete.

A sra. Bellowes olhou para ele e suas mãos se soltaram do colarinho do sr. Thirkell.

O foguete era algo como um bule de cobre amassado. Havia mil protuberâncias e fissuras e canos enferrujados e respiradouros sujos dentro e sobre ele. As entradas estavam toldadas de poeira, parecendo olhos de uma porca cega.

Todas deram um suspiro lamentoso.

"Este é o foguete *Glória ao Altíssimo?*", gritou a sra. Bellowes, consternada.

O sr. Thirkell assentiu e olhou para os próprios pés.

"Pelo qual pagamos mil dólares cada uma e viemos de longe até Marte para embarcar com o senhor e voar para encontrá-Lo?", perguntou a sra. Bellowes. "Ora, isso não vale uma penca de bananas", disse a sra. Bellowes. "Não passa de lixo!"

Lixo, cochicharam todas, começando a ficar histéricas.

"Não o deixem fugir!"

O sr. Thirkell tentou se soltar e correr, mas mil armadilhas para gambá caíram sobre ele de todos os lados. Ele se contorcia. Todo mundo andava em círculos como ratos cegos. Houve choro e confusão que duraram cinco minutos, enquanto elas se aproximaram e tocaram o Foguete, o Bule Amassado, o Contêiner Enferrujado dos Filhos de Deus.

"Bem", disse a sra. Bellowes. Ela subiu até a entrada torta do foguete e se virou para todo mundo. "Parece que fizeram uma coisa terrível conosco", ela disse. "Não tenho dinheiro nenhum para voltar para casa na Terra e tenho orgulho demais para ir ao governo e contar a eles que um homem comum como este nos tapeou, levando todas as nossas economias. Não sei como vocês se sentem quanto a isso, todas vocês, mas o motivo por que todas viemos é que tenho oitenta e cinco anos e você tem oitenta e nove e você tem setenta e oito e todas nós estamos nos encaminhando para os cem anos, e não há nada na Terra para a gente, e não parece haver nada em Marte também. Nenhuma de nós espera continuar respirando por muito mais tempo ou fazendo milhares de tapetes de crochê, ou nunca teríamos vindo aqui. Então, o que eu tenho a propor é uma coisa simples — correr o risco."

Estendeu a mão e tocou a carcaça enferrujada do foguete.

"Este é o *nosso* foguete. Pagamos pela viagem. E vamos *fazer* a nossa viagem!"

Todas se juntaram e ficaram na ponta dos pés, e abriram a boca atônitas. O sr. Thirkell começou a chorar. Ele o fez com bastante facilidade e muita eficiência.

"Vamos entrar nesta nave", disse a sra. Bellowes, ignorando-o. "E vamos decolar para onde estávamos indo."

O sr. Thirkell parou de chorar tempo suficiente para dizer:

"Mas era tudo um golpe. Eu não entendo nada de espaço. Ele não está lá fora, de modo algum. Eu menti. Não sei onde Ele está e não conseguiria encontrá-Lo se quisesse. E as senhoras foram tolas de acreditar no que eu dizia".

"Sim", disse a sra. Bellowes, "fomos tolas. Concordo com isso. Mas o senhor não pode nos culpar, pois somos velhas, e era uma ideia boa e bonita, umas das ideias mais adoráveis do mundo. Ah, nós na verdade não nos enganamos pensando que podíamos chegar mais perto d'Ele fisicamente. Era o sonho louco e gentil de gente velha, o tipo de coisa a que você se agarra durante uns poucos minutos por dia, mesmo que saiba não ser verdade. Então, todas vocês que querem ir, sigam-me na nave."

"Mas as senhoras não podem ir!", disse o sr. Thirkell. "Não têm um navegador. E a nave é uma ruína!"

"O senhor", disse a sra. Bellowes, "será o navegador."

Ela entrou na nave e, depois de um momento, as outras velhinhas se acotovelaram. O sr. Thirkell, rodando os braços freneticamente, foi assim mesmo empurrado pela entrada e, em um minuto, a porta se fechou com uma batida. O sr. Thirkell foi amarrado com cintos à cadeira do navegador, com todo mundo falando ao mesmo tempo e segurando-o. Os capacetes especiais foram distribuídos para serem ajustados em cada cabeça grisalha ou branca, para fornecer oxigênio extra em caso de vazamento no casco da nave e, finalmente, chegara a hora e a sra. Bellowes se postou atrás do sr. Thirkell e disse:

"Estamos prontas, senhor."

Ele não disse nada. Implorava a elas silenciosamente, usando os grandes olhos escuros e molhados, mas a sra. Bellowes balançava a cabeça negativamente e apontava para os controles.

"Decolar", concordou o sr. Thirkell morosamente, e apertou um botão.

Todo mundo caiu. O foguete decolou do planeta Marte com um grande rastro de fogo e o barulho de uma cozinha inteira jogada no poço de um elevador, com o som de panelas e frigideiras e chaleiras e fogos crepitando e molhos borbulhando, com um cheiro de incenso queimado e borracha e enxofre, com cor de fogo amarelo e uma faixa em vermelho se estendendo abaixo deles, e todas as velhas cantando e se abraçando, e a sra. Bellowes subindo pelas paredes da nave suspirante, oscilante, tremente.

"Rume para o espaço, senhor Thirkell."

"Não vai durar", disse o sr. Thirkell, tristemente. "Esta nave não deve durar. Vai..."

Ela não durou.

O foguete explodiu.

A sra. Bellowes sentiu-se levantada e arremessada de lá para cá, vertiginosamente, como uma boneca. Ela ouviu os gritos altos e viu de relance os corpos, passando por ela em fragmentos de metal e luz empoeirada.

"Socorro, socorro!", gritava o sr. Thirkell, ao longe, em uma fraca transmissão de rádio.

A nave se desintegrara em um milhão de pedaços, e as velhinhas, todas as cem, foram lançadas diretamente para a frente com a mesma velocidade que a da nave.

Quanto ao sr. Thirkell, por algum motivo de trajetória talvez, saíra pelo outro lado da nave. A sra. Bellowes o viu caindo separado e distante delas, berrando.

Lá vai o senhor Thirkell, pensou a sra. Bellowes.

E ela sabia aonde ele estava indo. Ia ser queimado e assado e grelhado para valer, mas para valer mesmo.

O sr. Thirkell estava caindo para dentro do Sol.

E aqui estamos, pensou a sra. Bellowes. *Aqui estamos, indo e indo e indo.*

Quase não havia impressão de movimento, mas ela sabia que estava se deslocando a oitenta mil quilômetros por hora e que continuaria a viajar àquela velocidade por uma eternidade, até que...

Ela viu as outras mulheres rodopiando à sua volta em suas próprias trajetórias, com poucos minutos de oxigênio restantes para cada uma em seus capacetes, e cada uma estava olhando para cima, para onde estavam indo.

É claro, pensou a sra. Bellowes. *Indo espaço adentro. Indo e indo, e a escuridão como uma grande igreja, e as estrelas como velas, e apesar de tudo, do sr. Thirkell, do foguete, da desonestidade, estamos indo em direção ao Senhor.*

E lá, sim, lá, enquanto ela continuava caindo e caindo, vindo em sua direção, ela podia discernir o contorno agora, vindo em direção a ela estava Sua poderosa mão dourada, estendendo-se para baixo, para segurá-la e confortá-la como a um pardal assustado.

"Sou a senhora Amelia Bellowes", ela disse tranquilamente, em sua melhor voz. "Sou do planeta Terra."

O LIXEIRO

ERA ASSIM O TRABALHO DELE: acordava às cinco na fria manhã escura e lavava o rosto com água morna se o aquecedor estivesse funcionando e com água fria se o aquecedor não estivesse funcionando. Barbeava-se cuidadosamente, conversando com a mulher que estava lá na cozinha, preparando presunto e ovos ou panquecas ou o que quer que fosse naquela manhã. Às seis horas, estava no trânsito rumo ao trabalho, sozinho, e estacionava o carro no grande pátio onde todos os outros homens estacionavam seus carros enquanto o sol estava nascendo. As cores do céu naquela hora da manhã eram laranja e azul e violeta e algumas vezes muito vermelho e algumas vezes amarelo ou uma cor clara como água sobre pedra branca. Em algumas manhãs, ele podia ver sua respiração no ar e, em algumas manhãs, não podia. Mas quando o sol ainda estava se levantando, ele batia o punho na lateral do caminhão verde, e seu motorista, sorrindo e dizendo olá, entrava no outro lado do caminhão, e eles saíam pela grande cidade e desciam todas as ruas até chegarem ao lugar onde começavam a trabalhar. Algumas vezes, no caminho, paravam para tomar café puro e depois continuavam, a quentura ainda dentro deles. E começavam o trabalho, o que significava que ele saltava em frente a cada casa e apanhava as latas de lixo e as trazia de volta e tirava suas tampas e as batia contra a borda da caçamba, fazendo as cascas de laranja e de melão e pó de café caírem e baterem no fundo e começarem a encher o caminhão vazio. Sempre havia ossos de bisteca e cabeças de peixe e pedaços de cebolinha e salsão apodrecido. Se o lixo era novo, não era tão ruim, mas se era muito velho, era ruim. Ele não tinha certeza se gostava ou não do trabalho, mas era um trabalho e ele o fazia bem, algumas vezes falando muito sobre ele e algumas vezes nem pensando nele. Alguns dias, o trabalho era maravilhoso, pois você levantava cedo e o ar era frio e fresco até que você tivesse trabalhado por muito tempo e o sol ficasse quente e o lixo começasse a exalar vapor. Mas, em grande parte, era um emprego importante o suficiente para mantê-lo ocupado e calmo e olhando para as casas e os gramados aparados por que passava e vendo como todo mundo vivia e, uma ou duas vezes por mês, ficava surpreso ao descobrir que adorava seu trabalho e que era o melhor trabalho do mundo.

Foi assim por muitos anos. E então, de repente, o trabalho mudou para ele. Mudou em um único dia. Mais tarde, ele frequentemente se perguntava como um trabalho podia mudar tanto em tão poucas horas.

***

Ele entrou no apartamento e não viu a esposa nem ouviu a voz dela, mas ela estava lá, e ele andou até uma poltrona e deixou a mulher ficar longe dele, observando-o, enquanto ele tocava a poltrona e se sentava nela sem dizer palavra. Ele ficou sentado ali por um longo tempo.

"O que há de errado?"

Finalmente a voz dela chegou até ele. Ela deve ter perguntado três ou quatro vezes.

"Errado?"

Ele olhou para essa mulher e, sim, era sua esposa, tudo bem, era alguém que conhecia, e este era o apartamento deles, com o pé-direito alto e o carpete gasto.

"Algo aconteceu no trabalho hoje", ele disse.

Ela esperou que ele terminasse.

"Em meu caminhão de lixo, aconteceu algo."

Sua língua se movimentava secamente sobre os lábios e seus olhos fechados bloquearam sua visão até que tudo se tornou escuridão, sem nenhuma luz de nenhum tipo, e era como estar sozinho em um quarto quando você levanta da cama no meio de uma noite escura.

"Acho que vou largar meu emprego. Tente compreender."

"Compreender!", ela gritou.

"Não se pode evitar. Tudo isso é a coisa mais danada de estranha que já aconteceu comigo em minha vida." Ele abriu os olhos e ficou ali sentado, sentindo as mãos frias quando esfregava o polegar e os indicadores juntos. "A coisa que aconteceu foi estranha."

"Bom, mas não fique só sentado aí!"

Ele tirou um pedaço de jornal do bolso de sua jaqueta de couro.

"Este é o jornal de hoje", ele disse. "Dez de dezembro de mil, novecentos e cinquenta e um, *Los Angeles Times. Boletim da Defesa Civil*. Diz que eles estão comprando rádios para nossos caminhões de lixo."

"Bom, o que há de tão ruim em um pouco de música?"

"Sem música. Você não entende. Sem música."

Ele abriu a mão calejada e desenhou com uma das unhas limpas, tentando colocar tudo ali onde ele poderia ver e ela poderia ver.

"Neste artigo, o prefeito diz que vão colocar um aparelho de transmissão e recepção em cada caminhão de lixo da cidade." Ele apertou os olhos olhando para a mão. "Depois que as bombas atômicas atingirem nossa cidade, aqueles rádios vão falar conosco. E então nossos caminhões de lixo vão sair e recolher os corpos."

"Ora, parece prático. Quando..."

"Os caminhões de lixo", ele disse, "sair e recolher todos os corpos."

"Você não pode simplesmente deixar os corpos por aí, pode? Você tem de levá-los e..."

A esposa fechou a boca muito lentamente. Ela piscou, uma vez apenas, e fez isso muito lentamente também. Ele observou aquele piscar único e lento de seus olhos. Então, com um giro do corpo, como se outra pessoa o tivesse virado para ela, ela andou até uma poltrona, parou, pensou como fazer e sentou-se, muito ereta e rígida. Não disse nada. Ele escutava o tique-taque de seu relógio de pulso, mas apenas com uma pequena parte de sua atenção. Finalmente, ela riu.

"Eles estavam brincando!"

Ele balançou a cabeça. Sentiu sua cabeça se movendo da esquerda para a direita e da direita para a esquerda, tão lentamente quanto tudo o mais que havia acontecido.

"Não. Colocaram um receptor em meu caminhão hoje. Disseram, no alerta, que se você estiver trabalhando, deve despejar seu lixo em qualquer lugar. 'Quando o chamarmos no rádio, entre e remova os mortos'."

A água na cozinha levantou fervura fazendo barulho. Ela deixou-a ferver por cinco segundos e então segurou o braço da poltrona com uma das mãos e se levantou e encontrou a porta e saiu. O som da fervura parou. Ela ficou na porta e então caminhou de volta para onde ele ainda estava sentado, sem se mexer, a cabeça na mesma posição.

"Está tudo planejado agora. Eles têm esquadrões, sargentos, capitães, cabos, tudo", ele disse. "Sabemos até mesmo para onde trazer os corpos."

"Então você tem pensado nisso o dia todo", ela disse.

"O dia todo, desde a manhã. Pensei: Quem sabe agora eu não queira mais ser lixeiro. Costumava ser Tom e eu nos divertindo com uma espécie de jogo. Você tem de fazer isso. Lixo é ruim. Mas se você trabalha com isso, pode fazer um jogo. Tom e eu fazíamos isso. Observávamos o lixo das pessoas. Víamos que tipo elas tinham. Ossos de bisteca em casas ricas, alface e cascas de laranja nas pobres. Certamente é uma tolice, mas um sujeito tem de tornar seu trabalho tão bom quanto puder e fazer valer a pena; se não for assim, por que diabos trabalhar? E, de certa forma, você é seu próprio chefe em um caminhão. Sai cedo de manhã, e é um emprego ao ar livre, de qualquer jeito; você vê o sol nascer e vê a cidade acordar, e isso não é ruim de jeito nenhum. Mas agora, hoje, de repente, não é mais o tipo de emprego para mim."

A esposa começou a falar rapidamente. Ela citou um monte de coisas e falou sobre muitas outras mais, mas, antes de ela ir muito longe, ele a interrompeu delicadamente.

"Eu sei, eu sei, as crianças e a escola, nosso carro, eu sei", ele disse. "E contas e dinheiro e dívidas. Mas e aquela fazenda que papai nos deixou? Por que não nos mudamos para lá, longe das cidades? Eu entendo um pouco de fazenda. Poderíamos fazer um estoque, armazená-lo, ter o bastante para viver durante meses se algo acontecesse."

Ela não dizia nada.

"Sei que todos os nossos amigos estão aqui na cidade", ele continuou, racionalmente. "E cinema e espetáculos e os amigos das crianças e..."

Ela deu um suspiro profundo.

"Não podemos pensar nisso por mais alguns dias?"

"Não sei. Tenho medo disso. Tenho medo de que, se pensar nisso, em meu caminhão e meu novo trabalho, vou me acostumar. E, ah, Deus, não parece nada certo que um homem, um ser humano, deva se acostumar a uma ideia como essa."

Ela balançou a cabeça devagar, olhando para as janelas, as paredes cinza, os quadros escuros nas paredes. Apertou as mãos. Começou a abrir a boca.

"Pensarei esta noite", ele disse. "Ficarei acordado mais um pouco. Até a manhã saberei o que fazer."

"Tenha cuidado com as crianças. Não é bom que elas saibam disso tudo."

"Terei cuidado."

"Então, vamos parar de falar nisso. Vou terminar o jantar!" Ela se levantou de um salto e colocou as mãos no rosto e depois olhou para as mãos e para a luz do sol nas janelas. "Ora, as crianças vão chegar a qualquer minuto."

"Não estou com muita fome."

"Você tem de comer, não pode simplesmente continuar assim."

Ela saiu apressada, deixando-o no meio da sala onde nem uma brisa soprava as cortinas e sobre ele havia apenas o teto com uma lâmpada solitária e apagada, como uma velha lua em um céu. Ele estava quieto. Massageava o rosto com ambas as mãos. Levantou-se e ficou de pé sozinho na porta da sala de jantar, andou para a frente e se sentiu sentar e continuar sentado em uma cadeira da sala de jantar. Viu suas mãos se espalharem na toalha de mesa branca, abertas e vazias.

"A tarde toda", ele disse, "estive pensando."

Ela se movimentava pela cozinha, chacoalhando utensílios, batendo panelas contra o silêncio que estava em toda parte.

"Fico pensando", ele disse, "se você põe os corpos no caminhão de comprido ou atravessados, com as cabeças para a direita ou os *pés* para a direita. Homens e mulheres juntos ou separados? Crianças em um caminhão ou misturadas com homens e mulheres? Cães em caminhões especiais ou simplesmente deixados onde estão? Fico pensando *quantos* corpos cabem em um caminhão. Fico pensando, e se você os empilhar, um em cima do outro, finalmente sabendo que você simplesmente precisa fazer isso. Não consigo imaginar. Não consigo calcular. Tento, mas não dá para adivinhar, não dá para adivinhar mesmo quantos você poderia empilhar em um único caminhão."

Ficou sentado pensando como era no fim do dia em seu trabalho, com o caminhão cheio e a lona puxada sobre o grande volume de lixo de modo que o volume dava à lona a forma de um monte irregular. E como era se você de repente puxasse a lona e *olhasse lá dentro. E por uns poucos segundos, você via as coisas brancas como macarrão*, só que as coisas brancas estavam vivas e fervilhando, milhões delas. E quando as coisas brancas sentiam o sol quente sobre elas, encolhiam-se e desapareciam na alface e na carne moída podre e na borra de café e nas cabeças de peixe branco. Depois de dez segundos de luz solar, as coisas brancas que pareciam macarrão sumiam, e o grande monte de lixo ficava silencioso e não se mexia, e você jogava a lona sobre o monte e via como a lona cobria irregularmente a coleta escondida e, por baixo, você sabia que estava escuro, e as coisas começando a se mover como sempre deviam se mover quando ficava escuro novamente.

Ele ainda estava sentado ali, na sala vazia, quando a porta da frente do apartamento se escancarou. Seu filho e sua filha entraram correndo, rindo e viram-no ali sentado, e pararam.

A mãe deles correu para a porta da cozinha, segurou-se rapidamente na borda dela e contemplou sua família. Eles viram o rosto dela e ouviram sua voz:

"Sentem-se, meninos, sentem-se!" Levantou uma das mãos e a estendeu em direção a eles. "Vocês chegaram bem na hora."

O VISITANTE

SAUL WILLIAMS ACORDOU para a manhã calma. Olhou fatigado para fora da barraca e pensou em como a Terra estava distante. *Milhões de quilômetros*, ele pensou. Mas o que se havia de fazer? Seus pulmões estavam cheios de "ferrugem de sangue". Tossia o tempo todo.

Saul acordou, nesta manhã em particular, às sete horas. Era um homem alto, franzino, emagrecido por causa da doença. Fazia uma manhã quieta em Marte, o leito do mar morto, plano e silencioso — nenhum vento. O sol brilhava frio e claro no céu vazio. Ele lavou o rosto e tomou o desjejum.

Depois disso, quis muito estar de volta à Terra. Durante o dia, tentava de toda maneira possível estar na cidade de Nova York. Algumas vezes, se sentasse ereto e segurasse as mãos de um certo jeito, ele conseguia. Quase podia sentir o cheiro de Nova York. A maior parte do tempo, entretanto, era impossível.

Mais tarde, durante a manhã, Saul tentou morrer. Deitou-se na areia e ordenou a seu coração que parasse. Ele continuou batendo.

Saul se imaginou saltando de um penhasco ou cortando os pulsos, mas riu de si mesmo; sabia que não tinha coragem para nenhum dos dois.

Talvez se apertar bem os olhos e me concentrar bastante, eu simplesmente adormeça e nunca mais acorde, ele pensou. E tentou. Uma hora depois, acordou com a boca cheia de sangue. Levantou-se, cuspiu e sentiu pena de si próprio. Essa ferrugem do sangue enchia a boca e o nariz, escorria dos ouvidos, das unhas e levava um ano para matar. A única cura era se enfiar em um foguete e se lançar para o exílio em Marte. Não existia cura conhecida na Terra, e ficar lá contaminaria e mataria todos. Então, aqui estava ele, sangrando o tempo todo, e sozinho.

Os olhos de Saul se apertaram. Ao longe, ao lado da ruína de uma cidade antiga, ele viu um outro homem deitado sobre um cobertor imundo.

Quando Saul se aproximou, o homem no cobertor se mexeu debilmente.

"Olá, Saul", ele disse.

"Mais uma manhã", disse Saul. "Cristo, como estou só!"

"É uma angústia dos enferrujados", disse o homem do cobertor, sem se mexer, muito pálido, e como se fosse desaparecer se o tocassem.

"Por Deus", disse Saul, olhando de cima para baixo, para o homem, "eu gostaria que você pudesse pelo menos conversar. Por que os intelectuais nunca pegam a doença da ferrugem do sangue e vêm aqui para cima?"

"É uma conspiração contra você, Saul", disse o homem, fechando os olhos, cansado demais para mantê-los abertos. "Antigamente, eu tinha forças para ser um intelectual. Agora, pensar já me cansa."

"Se pelo menos você pudesse conversar", disse Saul Williams.

O outro homem simplesmente deu de ombros, indiferente.

"Venha amanhã. Talvez eu tenha forças suficientes para conversar sobre Aristóteles. Vou tentar. Vou tentar mesmo." O homem se afundou debaixo da velha árvore. Abriu um olho. "Lembra-se de quando conversamos sobre Aristóteles seis meses atrás, naquele dia bom que eu tive?"

"Lembro", disse Saul, sem prestar atenção. Olhava o mar morto. "Queria estar tão doente quanto você, aí talvez não me preocupasse em ser intelectual. Aí talvez eu tivesse um pouco de paz."

"Você vai estar tão mal quanto eu daqui a uns seis meses", disse o moribundo. "Então, você não vai ligar para nada, a não ser dormir e dormir. O sono será como uma mulher para você. Você voltará sempre para ela, porque ela é bem-disposta e boa e fiel e sempre o trata bem e do mesmo jeito. Você só vai acordar para pensar em voltar a dormir. É um pensamento bom."

A voz do homem era um sussurro inaudível. Então parou e uma leve respiração se impôs. Saul se afastou.

Ao longo das praias do mar morto, como tantas garrafas vazias atiradas ali por uma onda que há muito se foi, estavam os corpos encolhidos de homens adormecidos. Saul podia vê-los todos ao longo da curva do mar vazio. Um, dois, três... todos eles dormindo sós, a maioria em piores condições do que ele, cada um com sua pequena reserva de alimento, cada um encerrado em si mesmo, porque a interação social estava se enfraquecendo e era bom dormir.

No início, houve algumas noites passadas em grupo, em torno de fogueiras de acampamento. E eles todos falavam sobre a Terra. Era a única coisa sobre a qual falavam. A Terra e a maneira como as águas corriam nos regatos das cidadezinhas e o gosto da torta de morango caseira e como Nova York ficava, vista ao se chegar de Jersey na barca, de manhã cedinho, com o vento salgado.

Eu quero a Terra, pensou Saul. *Eu a quero tanto que até dói. Quero algo que nunca mais poderei ter de novo. Eles todos a querem, e sofrem porque não a têm. Mais do que comida ou mulher ou qualquer outra coisa, eu só quero a Terra. Esta doença afasta as mulheres para sempre, elas não são coisas a serem desejadas. Mas a Terra, sim. É uma coisa para a mente, e não para o corpo fraco.*

O metal brilhante reluziu no céu.

Saul olhou para cima.

O metal brilhante reluziu novamente.

Um minuto depois, o foguete desceu no leito do mar. Uma câmara se abriu, um homem saiu, carregando consigo a bagagem. Dois outros homens, com roupas de proteção germicida, acompanhavam-no, trazendo imensas caixas de alimento, montando uma barraca para ele.

Passado mais um minuto, o foguete retornou ao céu. O exilado ficou sozinho.

Saul começou a correr. Ele não corria há semanas, e era muito cansativo, mas ele corria e gritava.

"Olá, olá!"

O jovem olhou Saul de cima a baixo quando ele chegou.

"Olá. Então aqui é Marte. Meu nome é Leonard Mark."

"O meu é Saul Williams."

Apertaram as mãos. Leonard Mark era bastante jovem, apenas dezoito anos, muito louro, rosto rosado, olhos azuis e vivos, apesar da doença.

"Como estão as coisas em Nova York?", perguntou Saul.

"Estão assim", disse Leonard Mark. E olhou para Saul.

Nova York surgiu do deserto, feito de pedra e cheio de ventos de março. Neons explodiam em cores elétricas. Táxis amarelos deslizavam em uma noite calma. Pontes se elevavam e rebocadores apitavam nos portos à meia-noite. Cortinas sobem em musicais cheios de brilho.

Saul levou as mãos à cabeça, com violência.

"Espere aí, espere aí!", ele gritou. O que está acontecendo comigo? O que está errado comigo? Estou enlouquecendo!"

Folhas brotavam das árvores no Central Park, verdes e novas. Na trilha, Saul perambulava, sentindo o cheiro do ar.

"Pare, pare, seu idiota!", Saul gritou para si mesmo. Apertou as têmporas com as mãos. "Não pode ser!"

"Mas é", disse Leonard Mark.

Os arranha-céus de Nova York desapareceram. Marte voltou. Saul estava no fundo do mar vazio, olhando hesitante para o jovem recém-chegado.

"Você", ele disse, estendendo a mão em direção a Leonard Mark. "Você fez isso. Você fez isso com sua mente."

"Sim", disse Leonard Mark.

Silenciosamente, eles se encararam. Por fim, tremendo, Saul agarrou a mão do outro exilado, apertando-a sem parar, dizendo:

"Ah, mas estou feliz que você esteja aqui. Você não sabe como estou feliz!"

***

Beberam o café forte e escuro em suas canecas de estanho.

Era pleno meio-dia. Tinham conversado durante toda a manhã quente.

"E essa sua habilidade?", disse Saul, levantando os olhos de sua caneca, olhando fixamente para o jovem Leonard Mark.

"Nasci com isso", disse Mark, olhando para seu café. "Minha mãe estava na explosão de Londres em cinquenta e sete. Eu nasci dez meses depois. Não sei que nome teria minha habilidade. Telepatia e influência do pensamento, suponho. Eu costumava apresentar um número, viajava o mundo todo. 'Leonard Mark, a maravilha mental', diziam eles nos cartazes. Eu era muito rico. A maioria das pessoas achava que eu era um charlatão. Sabe o que acham do pessoal de teatro. Só eu sabia que era realmente genuíno, mas não deixava que ninguém soubesse. Era mais seguro não deixar que a notícia se espalhasse demais. Ah, uns poucos amigos íntimos sabiam de minha real habilidade. Eu tinha muitos talentos que vão se mostrar úteis agora que estou aqui em Marte."

"Você certamente me deixou apavorado", disse Saul, a caneca rígida nas mãos. "Quando Nova York surgiu ali do chão daquele jeito, achei que estava louco."

"É uma forma de hipnotismo que afeta todos os órgãos dos sentidos ao mesmo tempo — olhos, ouvidos, nariz, boca, pele —, todos eles. O que você gostaria de estar fazendo agora, mais que tudo?"

Saul abaixou a caneca. Tentava manter as mãos bem firmes. Umedeceu os lábios.

"Gostaria de estar em um pequeno córrego em que costumava nadar em Mellin Town, Illinois, quando era menino. Gostaria de estar nu em pêlo e nadando."

"Bem", disse Leonard Mark, e moveu a cabeça quase imperceptivelmente.

Saul caiu de costas na areia, os olhos fechados.

Leonard Mark se sentou, observando-o.

Saul deitou-se na areia. De vez em quando, suas mãos se mexiam, retorciam-se animadamente. A boca abria-se em espasmos — de sua garganta que tensionava e relaxava saíam sons. Começou a fazer movimentos lentos com os braços, para fora e para trás, inspirando com a cabeça virada para o lado, os braços indo e vindo lentamente no ar quente, remexendo a areia amarela sob si, o corpo girando devagar.

Leonard Mark terminou calmamente seu café. Enquanto estava bebendo, mantinha os olhos em Saul, que se mexia e sussurrava, deitado ali, no fundo do mar morto.

"Está bem", disse Leonard Mark.

Saul se sentou, esfregando o rosto. Depois de um instante, ele disse a Leonard Mark:

"Eu vi o córrego. Corri pela margem e tirei as roupas", e disse sem fôlego, o sorriso incrédulo: "E mergulhei e nadei nele!".

"Fico satisfeito", disse Leonard Mark.

"Aqui está!" Saul enfiou a mão no bolso e tirou sua última barra de chocolate. "Isto é para você."

"O que é isso?" Leonard Mark olhou para o presente. "Chocolate? Bobagem, não faço isso para ser pago. Faço porque deixa você feliz. Ponha essa coisa de volta no bolso antes que eu a transforme em uma cascavel e ela o morda."

"Obrigado, obrigado!" Saul guardou o chocolate. "Você não sabe como estava boa aquela água." Ele buscou o bule de café. "Mais?"

Enquanto servia o café, Saul fechou os olhos por um momento. *Tenho Sócrates aqui*, ele pensou; *Sócrates e Platão e Nietzsche e Schopenhauer. Este homem, pelo que diz, é um gênio. Por seu talento, ele é incrível! Pense nos dias longos e calmos e nas noites frescas de conversa que teremos. Não será um mau ano de jeito nenhum. Não mesmo.* Ele derramou o café.

"O que há?"

"Nada."

O próprio Saul estava confuso, assustado. *Estaremos na Grécia*, ele pensou. *Em Atenas. Estaremos em Roma, se quisermos, quando estudarmos os escritores romanos. Iremos ao Pártenon, à Acrópole. Não será apenas conversa, mas também um lugar para se estar. Este homem pode fazer isso. Ele tem poder para isso. Quando conversarmos*

*sobre as peças de Racine, ele pode criar um palco e atores e tudo [...]
mais para mim. Por Cristo, isso é melhor do que a vida jamais foi! É
muito melhor estar doente e aqui do que saudável na Terra sem essas
habilidades! Quantas pessoas já viram uma peça grega encenada em
um anfiteatro grego no ano 31 a.C.?*

*E se eu pedir, com tranquilidade e sinceridade, este homem ir[a]
assumir a aparência de Schopenhauer e Darwin e Bergson e todos os
outros pensadores do passado...? Sim, por que não? Sentar e conversa[r]
com Nietzsche em pessoa, com o próprio Platão...!*

Havia apenas uma coisa errada. Saul se sentiu agitado. Os outros
homens. Os outros doentes ao longo do leito desse mar morto.

Na distância, os homens estavam se movendo, caminhando
em direção a eles. Haviam visto o foguete reluzir, pousar, deixar um
passageiro. Agora, eles estavam vindo, lenta, dolorosamente, sauda[r]
o recém-chegado. Saul ficou frio.

"Olhe", ele disse. "Mark, acho melhor a gente ir para as mon
tanhas."

"Por quê?"

"Vê aqueles homens chegando? Alguns deles estão loucos."

"Mesmo?"

"Sim."

"O isolamento e tudo o mais os deixaram assim?"

"Sim, é isso. É melhor a gente ir."

"Eles não parecem muito perigosos. Caminham devagar."

"Você ficaria surpreso!"

Mark olhou para Saul.

"Você está tremendo. Por quê?"

"Não há tempo para conversar", disse Saul, levantando-se rapi
damente. "Venha. Não percebe o que vai acontecer quando ele[s]

descobrirem seu talento? Eles vão brigar por sua causa. Vão se matar — matar você — pelo direito de ser seu dono."

"Ah, mas eu não pertenço a ninguém", disse Leonard Mark. Olhou para Saul. "Não. Nem mesmo a você."

Saul balançou bruscamente a cabeça.

"Eu nem mesmo pensei nisso."

"Não mesmo?", riu Mark.

"Não temos tempo de discutir", respondeu Saul, os olhos piscando, as faces enrubescidas. "Venha!"

"Não quero. Vou ficar sentado bem aqui até aqueles homens chegarem. Você é um pouco possessivo demais. Minha vida me pertence."

Saul sentiu uma feiura dentro de si. Seu rosto começou a se contorcer.

"Você ouviu o que eu disse."

"Como você mudou rapidamente de amigo para inimigo", observou Mark.

Saul atacou-o, desfechando sobre ele um gole ligeiro e hábil. Mark se desviou para o lado, rindo.

"Não, isso não!"

Eles estavam no centro de Times Square. Carros rugiam, buzinando para eles. Os edifícios se lançavam aos céus, quentes, no ar azul.

"É mentira!", gritava Saul, cambaleando sob o impacto visual. "Pelo amor de Deus, Mark, não! Os homens estão chegando. Você será morto!"

Mark sentou-se ali na calçada, rindo da piada.

"Deixe que venham. Eu posso enganar a todos."

Nova York confundiu Saul. O objetivo dela era confundir — manter sua atenção presa a sua beleza ímpia, depois de tantos meses longe dela. Em vez de atacar Mark, ele só conseguia ficar ali, embebido no cenário alienígena, porém familiar.

Fechou os olhos. "Não." E caiu para a frente arrastando Mark consigo. Buzinas berravam em seus ouvidos. Freios sibilavam e eram puxados violentamente. Ele golpeou o queixo de Mark.

Silêncio.

Mark ficou caído no leito do mar morto.

Pegando nos braços o homem inconsciente, Saul começou a correr, pesadamente.

Nova York se fora. Havia apenas a imensa mudez do mar morto. Os homens estavam fechando o cerco em torno dele. Ele rumou para as colinas com sua carga preciosa, com Nova York e o interior verdejante e fontes de água fresca e velhos amigos seguros nos braços. Caiu uma vez e levantou-se com esforço. Não parou de correr.

***

A noite caiu sobre a caverna. O vento entrava e saía, soprando forte a pequena fogueira, espalhando cinzas.

Mark abriu os olhos. Ele estava amarrado com cordas e encostado a uma parede seca da caverna, de frente para a fogueira.

Saul colocou mais um graveto no fogo, volta e meia lançando um olhar de nervosismo felino para a entrada da caverna.

"Você é um tolo."

Saul se espantou.

"Sim", disse Mark, "você é um tolo. Eles vão nos achar. Mesmo que tenham de nos caçar por seis meses, eles vão nos achar. Eles viram Nova York, de longe, como uma miragem. E nós no centro dela. Não é exagero achar que eles vão ficar curiosos e seguir em nosso encalço."

"Então eu seguirei adiante, levando você", disse Saul, olhando fixamente para o fogo.

"E virão todos atrás."

"Cale a boca!"

Mark sorriu.

"Isso é jeito de falar com sua esposa?"

"Você me ouviu!"

"Ah, que belo casamento este — sua ganância e minha habilidade mental. O que você quer ver agora? Devo lhe mostrar mais algumas cenas de sua infância?"

Saul sentiu o suor começando a lhe escorrer da fronte. Ele não sabia se o homem estava brincando ou não.

"Sim", ele disse.

"Tudo bem", disse Mark, "observe."

Chamas se projetaram das rochas. O enxofre o sufocou. Voragens sulfurosas explodiam, concussões sacudiam a caverna. Pondo-se de pé, Saul tossiu e cambaleou, queimado, estiolado pelo inferno!

O inferno se foi. A caverna retornou.

Mark ria.

Saul ficou de pé por sobre ele.

"Você", ele disse friamente, abaixando-se.

"O que mais você esperava?", gritou Mark. "Ser amarrado, carregado, transformado na noiva intelectual de um homem ensandecido pela solidão — você acha que gosto disso?"

"Eu o desamarro se você prometer não fugir."

"Eu não poderia prometer isso. Ajo por minha conta. Não pertenço a ninguém."

Saul caiu de joelhos.

"Mas você tem de pertencer, ouviu? Tem de pertencer. Não posso deixá-lo ir embora!"

"Meu caro, quanto mais você diz coisas assim, mais distante eu fico. Se você tivesse tido algum juízo e feito as coisas com inteligência, poderíamos ter ficado amigos. Eu teria ficado feliz em lhe fazer esses pequenos favores hipnóticos. Afinal, não tenho problemas em conjurá-los. É engraçado, é mesmo. Mas você fez besteira. Me queria todo para você. Teve medo de que os outros me afastassem de você. Ah, como estava errado. Eu tenho poder suficiente para mantê-los todos felizes. Você poderia ter-me compartilhado, como uma cozinha comunitária. Eu teria me sentido quase como um deus entre crianças, sendo bondoso, fazendo favores, em troca dos quais vocês me trariam pequenos presentes, comidinhas especiais."

"Me desculpe, me desculpe!", Saul gritava. "Mas eu conheço muito bem aqueles homens."

"Você é por acaso diferente? Duvido! Saia e veja se eles estão chegando. Acho que ouvi um barulho."

Saul correu. Na entrada da caverna, ele colocou as mãos em concha sobre os olhos, perscrutando o fosso da noite. Formas indefinidas se mexiam. Era apenas o vento soprando novelos errantes de mato? Ele começou a tremer, um tremor fino e doloroso.

"Não vejo nada."

Voltou para uma caverna vazia. Olhou para a fogueira.

"Mark!"

Mark havia sumido.

Não havia nada além da caverna cheia de rochas, pedras, seixos, o fogo solitário bruxuleando, o vento suspirando. E Saul de pé ali, incrédulo e anestesiado.

"Mark! Mark! Volte!"

O homem havia conseguido se soltar das amarras, lenta, cuidadosamente e, usando o artifício de imaginar ter ouvido outros homens se aproximando, ele se fora... para onde?

A caverna era profunda, mas terminava em uma parede cega. E Mark não poderia ter passado por ele e escapulido noite afora. Como então?

Saul andou à volta da fogueira. Puxou a faca e se aproximou de uma grande rocha encostado na parede da caverna. Sorrindo, pressionou a faca contra a pedra. Sorrindo, bateu a faca ali. Então, afastou a faca para enfiá-la na pedra.

"Pare!", gritou Mark.

A rocha desapareceu. Mark estava ali.

Saul suspendeu a faca. O fogo brincava em seu rosto. Os olhos estavam cheios de insanidade.

"Não funcionou", ele sussurrou. Abaixou os braços, colocou as mãos na garganta de Mark e fechou os dedos. Mark não disse nada, mas se mexeu incomodamente sob o jugo do outro, os olhos irônicos, dizendo a Saul coisas que Saul sabia.

Se você me matar, os olhos diziam, para onde irão todos os seus sonhos? Se você me matar, para onde irão todos os córregos e trutas dos rios? Mate-me, mate Platão, mate Aristóteles, mate Einstein; sim, mate todos nós! Vá em frente, me estrangule. Eu o desafio.

Os dedos de Saul soltaram a garganta.

Sombras moviam-se para dentro da entrada da caverna.

Os dois homens viraram a cabeça.

Os outros homens estavam ali. Cinco deles, exaustos pela viagem, ofegando, esperando na orla de luz mais externa.

"Boa noite", disse Mark, rindo. "Aproximem-se, aproximem-se, cavalheiros."

***

Ao amanhecer, as discussões e ferocidades ainda prosseguiam. Esfregando os pulsos, recém-libertos das amarras, Mark estava sentado entre os homens, que o encaravam. Ele criou uma sala de conferências revestida de mogno e uma mesa de mármore à qual todos se assentavam, homens ridiculamente barbados, malcheirosos, suados e gananciosos, os olhos postos em seu tesouro.

"A maneira de entrar em acordo", disse Mark, finalmente, "é cada um de vocês ter certas horas de certos dias para encontros comigo. Tratarei a todos igualmente. Serei propriedade municipal, livre para ir e vir. É bastante justo. Quanto ao Saul aqui, ele está em período de experiência. Quando tiver provado que pode voltar a ser uma pessoa civilizada, eu lhe concederei um tratamento ou dois. Até então, não terei nada a ver com ele."

Os outros exilados sorriram para Saul.

"Me desculpe", disse Saul. "Eu não sabia o que estava fazendo. Estou bem agora."

"Veremos", disse Mark. "Vamos nos dar um mês, tudo bem?"

Os outros homens sorriram ironicamente para Saul.

Saul não disse nada. Ficou sentado olhando para o chão da caverna.

"Vejamos então", disse Mark. "Segunda-feira é seu dia, Smith."

Smith concordou.

"Nas terças-feiras, fico com o Peter ali, durante uma hora mais ou menos."

Peter concordou.

"Nas quartas-feiras, eu terminarei com Johnson, Holtzman e Jim, aqui."

Os últimos três homens se entreolharam.

"No resto da semana, devo ser deixado estritamente sozinho, vocês ouviram?", Mark disse a eles. "Um pouco deve ser melhor do que nada. Se não obedecerem, não farei meu número de jeito nenhum."

"Talvez nós o obriguemos a fazer seu número", disse Johnson. Ele atraiu o olhar dos outros homens. "Olhe, somos cinco contra um. Podemos obrigá-lo a fazer qualquer coisa que quisermos. Se nos ajudarmos teremos algo ótimo aqui."

"Não sejam idiotas", Mark advertiu os outros homens.

"Deixem-me falar", disse Johnson. "Ele está nos dizendo o que ele vai fazer. Por que não dizemos a ele? Somos ou não somos mais fortes do que ele? E ele ainda ameaça não fazer seu número! Bem, é só eu enfiar uma lasca de madeira nas unhas dos pés dele e quem sabe queimar seus dedos um pouquinho com uma lima de aço e veremos se ele faz seu número ou não! Quero saber por que não podemos ter apresentações toda noite durante a semana?"

"Não deem atenção a ele!", disse Mark. "Ele é louco. Não é confiável. Vocês sabem o que ele fará, não sabem? Vai pegá-los todos desprevenidos, um por um, e vai matá-los; sim, matar todos vocês, e depois que tiver acabado, ele estará sozinho — só ele e eu! É assim que ele é."

Os homens atentos piscaram. Primeiro olhando para Mark, depois para Johnson.

"Por isso mesmo", observou Mark, "nenhum de vocês pode confiar nos outros. Esta é uma conferência de tolos. No instante em que virarem as costas, um dos outros homens irá matá-los. Eu ouso dizer que, no final da semana, todos vocês estarão mortos ou morrendo."

Um vento frio soprou pela sala de mogno. Ela começou a se dissolver e virou novamente uma caverna. Mark estava cansado de suas brincadeiras. A mesa de mármore se espalhou e desmanchou e evaporou.

Os homens olharam desconfiadamente uns para os outros com pequenos olhos brilhantes animalescos. O que foi dito era verdade. Eles se viram nos próximos dias, surpreendendo uns aos outros, matando... até que restasse aquele último homem de sorte que usufruiria do tesouro intelectual que caminhava entre eles.

Saul os observava e se sentia só e inquieto. Depois que você comete um erro, como é difícil admitir seu equívoco, voltar atrás e começar de novo. Eles estavam todos errados. Estavam perdidos, há muito tempo. Agora estavam mais do que perdidos.

"E, para piorar ainda mais as coisas", disse Mark, por fim, "um de vocês tem um revólver. Todo o resto tem apenas facas. Mas um de vocês, eu sei, tem um revólver."

Todos deram um pulo.

"Procurem!", disse Mark. "Achem aquele que tem a arma ou vocês estarão todos mortos!"

Isso bastou. Os homens se lançaram à tarefa desordenadamente, sem saber quem revistar primeiro. Suas mãos apalpavam, eles gritavam, e Mark os observava com desprezo.

Johnson se afastou, com a mão no paletó.

"Tudo bem", ele disse. "É melhor pararmos com isso agora! Aqui, você, Smith."

E deu um tiro em Smith, atingindo-o no peito. Smith caiu. Os outros homens gritaram. Eles se separaram. Johnson mirou e disparou mais duas vezes.

"Pare!", gritou Mark.

Nova York se elevou em volta deles, surgida dentre rochas e caverna e céu. O sol faiscava nos altos arranha-céus. Trens estrondeavam; rebocadores apitavam no porto. A dama verde olhava fixamente através da baía, uma tocha na mão.

"Olhem, seus tolos!", disse Mark.

O Central Park fez surgir constelações de florescências de primavera. O vento lançava sobre eles uma onda de odores de grama recém-aparada.

E no centro de Nova York, estupefatos, os homens cambaleavam. Johnson disparou sua arma mais três vezes. Saul correu para a frente. Colidiu com Johnson, derrubou-o, tomou-lhe a arma e jogou-a longe. Ela disparou novamente.

Os homens pararam de andar sem rumo.

Permaneceram em pé. Saul jazia atravessado sobre Johnson. Eles haviam parado de lutar.

Fez-se um silêncio terrível. Os homens ficaram olhando. Nova York se afundou no mar. Sibilando, borbulhando, suspirando, com um grito de metal carcomido e velhos tempos, as grandes estruturas se inclinaram, retorceram-se, deslizaram, desabaram.

Mark ficou de pé entre os edifícios. Então, como um edifício, com um buraco vermelho, nítido, aberto no peito, sem dizer palavra, ele caiu.

Saul, no chão, olhava fixamente para os homens, para o corpo.

Ele se levantou, o revólver na mão.

Johnson não se mexia — estava com medo de se mexer.

Todos eles fecharam os olhos e os abriram novamente, achando que agindo assim poderiam reanimar o homem que jazia diante deles.

A caverna estava fria.

Saul ficou de pé e olhou, remotamente, para a arma em sua mão. Ele a segurou e a jogou bem longe, por sobre o vale, e não quis vê-la cair.

Eles olharam para o corpo no chão como se não pudessem acreditar. Saul se abaixou e segurou a mão sem vida.

"Leonard!", ele disse suavemente. "Leonard?" Sacudiu a mão. "Leonard!"

Leonard Mark não se mexeu. Os olhos estavam fechados; o peito havia cessado de subir e descer. Ele estava ficando frio. Saul se levantou.

O VISITANTE

"Nós o matamos", ele disse, sem olhar para os homens. Sua boca agora estava se enchendo de um líquido grosso. "Matamos o único que não queríamos matar." Colocou a mão trêmula sobre os olhos.

Os outros homens estavam de pé, esperando.

"Peguem uma pá", disse Saul. "Enterrem-no." Deu as costas e se afastou. "Não quero saber de vocês."

Alguém saiu para buscar uma pá.

***

Saul estava tão fraco que não conseguia se mexer. Suas pernas haviam crescido para dentro da terra, com raízes que se alimentavam profundamente de solidão e medo e do frio da noite. O fogo já estava quase apagado, e agora havia apenas a lua dupla se elevando por sobre as montanhas.

Ouvia-se o som de alguém cavando a terra com uma pá.

"De qualquer forma, não precisamos dele", disse alguém alto demais.

O som da pá prosseguia. Saul se afastou lentamente e se deixou escorregar pela lateral de uma árvore escura até alcançar a areia e se sentar estupefato, as mãos inertes no colo.

Dormir, ele pensou. *Vamos todos dormir agora. De qualquer modo, já tivemos o bastante. Vá dormir e tente sonhar com Nova York e todo o resto.*

Fechou os olhos exaurido, o sangue se juntando no nariz e na boca e em seus olhos trêmulos.

"Como ele fazia?", perguntou com a voz cansada. A cabeça pendeu para a frente, sobre o peito. "Como ele trazia Nova York para cá e nos fazia andar por ela? Vamos tentar. Não deve ser tão difícil. Pense! Pense em Nova York", ele sussurrou, até adormecer. "Nova

York e o Central Park e depois Illinois na primavera, macieiras em flor e grama verde."

Não funcionou. Não era a mesma coisa. Nova York se fora, e nada que ele pudesse fazer a traria de volta. Ele se levantaria toda manhã e caminharia pelo mar morto, procurando por ela, e andaria para sempre por Marte, procurando por ela, e nunca a encontraria. E finalmente se deitaria, cansado demais para andar, tentando encontrar Nova York em sua cabeça, sem, contudo, achá-la.

A última coisa que ele ouviu antes de dormir foi o barulho da pá subindo e descendo e cavando um buraco em que, com um tremendo estrondo metálico e bruma dourada e cheiro e cor e som, Nova York desabava, caía e era enterrada.

Chorou a noite toda, enquanto dormia.

O MESSIAS

"Todos temos aquele sonho especial quando somos jovens", disse o bispo Kelly.

Os outros, à mesa, murmuraram, assentiram.

"Não existe nenhum menino cristão", o bispo continuou, "que não tenha se perguntado em uma noite dessas: eu sou Ele? E esta é a Segunda Vinda, afinal de contas, e eu sou Ela? E se, e se, ah, Deus meu, e se eu fosse Jesus? Que grandioso!"

Os sacerdotes, os ministros e o único rabino solitário riram delicadamente, lembrando-se de coisas de suas próprias infâncias, seus próprios sonhos desvairados e de como eram grandes tolos.

"Será", disse o jovem sacerdote, padre Niven, "que os meninos judeus não se imaginam como Moisés?"

"Não, não, meu caro amigo", disse o rabino Nittler. "O Messias! O *Messias*!"

Mais risadas brandas de todos.

"É claro", disse o padre Niven, o rosto jovial, rosa e creme, "que tolice a minha. Cristo *não era* o Messias, era? E seu povo continua esperando que Ele chegue. Estranho. Ah, as ambiguidades."

"E nada mais ambíguo do que isso." O bispo Kelly se levantou para acompanhar todos até um terraço com vista para as colinas marcianas, as cidades marcianas antigas, as velhas rodovias, os rios de poeira e a Terra, sessenta milhões de milhas distante, brilhando com uma luz clara neste céu alienígena.

"Alguma vez, em nossos sonhos mais loucos", disse o reverendo Smith, "imaginamos que um dia cada um de nós teria uma Igreja Batista, uma Capela Santa Maria, uma Sinagoga Monte Sinai, aqui, aqui em Marte?"

A resposta foi não, não, suavemente, da parte de todos eles.

A tranquilidade foi interrompida por uma outra voz que se movia entre eles. O padre Niven, enquanto eles estavam na balaustrada, havia sintonizado seu rádio transistor para saber a hora. Notícias eram transmitidas da nova e pequena colônia americano-marciana no deserto lá embaixo. Eles escutaram: *"...boatos perto da cidade. Este é o primeiro marciano de que se tem notícia em nossa comunidade este ano. Pede-se aos cidadãos que respeitem qualquer um desses visitantes. Se..."*.

O padre Niven desligou o rádio.

"Essa nossa esquiva congregação", suspirou o reverendo Smith. "Devo confessar: eu vim para Marte não apenas para trabalhar com cristãos, mas esperando convidar um marciano para a ceia de domingo, para conhecer suas teologias, suas necessidades."

"Ainda somos algo novo demais para eles", disse o padre Lipscomb. "Em mais um ano, aproximadamente, acho que eles irão entender que não somos caçadores de búfalos em busca de peles. Mesmo assim, *é* difícil controlar a curiosidade. Afinal, as fotografias de nosso *Mariner* não indicaram nenhuma vida aqui. Entretanto, há vida, muito misteriosa e meio parecida com vida humana."

"Meio, Sua Eminência?" O rabino meditava diante de sua xícara de café. "Sinto que são até mais humanos do que nós mesmos. Eles nos deixaram vir. Esconderam-se nas colinas, só aparecendo entre nós ocasionalmente, disfarçados de terráqueos, é o que achamos..."

"O senhor realmente acredita que eles possuam poderes telepáticos e habilidades hipnóticas que lhes possibilitam andar por nossas cidades, enganando-nos com máscaras e visões, sem que ninguém de nós se aperceba?"

"Acredito sim."

"Então", disse o bispo, passando aos outros os conhaques e *crémes de menthes*, "esta é uma verdadeira noite de frustrações. Marcianos que não querem se revelar para que sejam salvos por Nós, os Iluminados..."

Muitos sorriram a essa afirmação.

"... e por Segundas Vindas de Cristo adiadas por vários milhares de anos. Quanto tempo devemos esperar, ó, Senhor?"

"Quanto a mim", disse o jovem padre Niven, "eu nunca desejei *ser* Cristo, a Segunda Vinda. Eu sempre quis apenas, com todo o meu coração, *encontrá-Lo*. Desde que eu tinha oito anos penso nisso. Pode muito bem ser o principal motivo de me tornar sacerdote."

"Para ter informações privilegiadas, por via das dúvidas. Será que Ele já *voltou* alguma vez?", sugeriu o rabino, delicadamente.

O jovem sacerdote sorriu e assentiu. Os outros sentiram um impulso de estender a mão e tocá-lo, pois ele havia tocado alguma pequena ferida vaga e doce em cada um. Eles se sentiram imensamente abrandados.

"Com sua permissão, rabino, cavalheiros", disse o bispo Kelly, levantando o copo. "À Primeira Vinda do Messias, ou à Segunda

Vinda do Cristo. Tomara que sejam mais do que alguns antigos sonhos tolos."

Eles beberam e ficaram em silêncio.

O bispo assoou o nariz e enxugou os olhos.

***

O resto da noite foi como muitas outras para os sacerdotes, os reverendos e o rabino. Puseram-se a jogar cartas e a discutir santo Tomás de Aquino, mas sucumbiam ao massacre da lógica educada do rabino Nittler. Chamavam-no de jesuíta, bebiam as últimas bebidas da noite e escutavam as últimas notícias no rádio:

"... teme-se que este marciano possa se sentir encurralado em nossa comunidade. Qualquer um que o encontre deve-se afastar para deixar o marciano passar. Ele parece ser movido pela curiosidade. Não há motivo para alarme. Isso conclui nosso..."

Enquanto se encaminhavam para a porta, os sacerdotes, os ministros e o rabino discutiam traduções que haviam feito para várias línguas do Antigo e do Novo Testamento. Foi então que o padre Niven os surpreendeu:

"Os senhores sabiam que uma vez me pediram que escrevesse um roteiro dos Evangelhos para o cinema? Precisavam de um *final* para o filme deles!"

"Será que existe, com certeza", protestou o bispo, "somente *um* final para a vida de Cristo?"

"Mas, Sua Santidade, os Quatro Evangelhos contam-na com quatro variações. Eu comparei. Fiquei entusiasmado. Por quê? Porque redescobri algo que quase havia esquecido. A Última Ceia não foi realmente a Última Ceia!"

"Minha nossa, o que é então?"

"Ora, Sua Santidade, a primeira de várias, senhor. A primeira de várias! Depois da Crucificação e do Sepultamento de Cristo, Simão-chamado-Pedro, junto com os discípulos, não pescaram no mar da Galiléia?"

"Pescaram."

"E suas redes não se encheram com o milagre dos peixes?"

"Encheram-se."

"E, ao verem na costa da Galiléia, uma luz pálida, eles não atracaram e aproximaram-se do que parecia ser um leito de brasas incandescentes em que se assavam peixes recém-pescados?"

"Sim, ah, sim", disse o reverendo Smith.

"E lá, para além do brilho do fogo brando do carvão, eles não sentiram uma presença espiritual e a chamaram?"

"Sentiram."

"Sem obter resposta, Simão-chamado-Pedro não sussurrou novamente: 'Quem está aí?'. E o Fantasma, não reconhecido, nas praias da Galiléia, estendeu a mão à luz do fogo e, em sua palma, não viram eles a marca do cravo, a chaga que nunca se fecharia?

"Eles quiseram fugir, mas o Fantasma falou e disse: 'Tomai destes peixes e dai de comer a vossos irmãos'. E Simão-chamado-Pedro tomou dos peixes que assavam por sobre as brasas incandescentes e alimentou os discípulos. E o frágil Fantasma de Cristo então disse: 'Tomai de minha palavra e espalhai-a entre as nações de todo o mundo e assim pregai o perdão do pecado'.

"E então Cristo os deixou. E, em meu roteiro, eu O fiz andar ao longo da costa da Galileia em direção ao horizonte. E quando alguém caminha rumo ao horizonte, parece ascender, não é? Pois toda a terra se eleva à distância. E Ele caminhou ao longo da praia até se tornar apenas um pequeno ponto bem ao longe. E eles não puderam mais vê-Lo.

"E, enquanto o sol nascia sobre o mundo antigo, todas as Suas mil pegadas ao longo da praia se desmancharam ao sopro dos ventos da alvorada sem deixar nenhum sinal.

"E os Discípulos deixaram as cinzas daquele leito de brasas se espalharem em fagulhas, e com o gosto da Real e Final e Verdadeira Última Ceia na boca, eles se foram. E em meu roteiro, faço a CÂMERA subir para observar os Discípulos andando, alguns para o norte, alguns para o sul, alguns para o leste, para dizerem ao mundo o que Precisava Ser Dito sobre Um Homem. E suas pegadas, indo em todas as direções, como os raios de uma imensa roda, apagavam-se na areia, ao vento da manhã. E surgiu um novo dia. FIM."

O jovem sacerdote estava no centro da roda de amigos, as faces coradas, olhos fechados. De repente, abriu os olhos, como se estivesse se lembrando de onde estava.

"Desculpem".

"Pelo quê?", falou o bispo, esfregando as pálpebras com as costas da mão, piscando rapidamente. "Por me fazer chorar duas vezes em uma noite? Como pode estar constrangido na presença de seu próprio amor por Cristo? Ora esta, o senhor me devolveu a Palavra, *a mim*, que sou conhecedor da Palavra parece que há séculos! O senhor renovou minha alma, ah, meu bom jovem com coração de um menino. Comer os peixes nas praias da Galileia *foi* a verdadeira Última Ceia. Bravo. O senhor merece se encontrar com Ele. A Segunda Vinda, por uma questão de justiça, deve ser para o senhor!"

"Eu não sou digno!", disse o padre Niven.

"Nenhum de nós é! Mas, se fosse possível trocar de almas, eu cederia a minha neste instante e tomaria emprestada a sua, recém-saída da lavanderia. Mais um brinde, cavalheiros? Ao padre Niven! Então, boa noite, é tarde, boa noite."

O brinde foi bebido e todos partiram; o rabino e os ministros desceram a colina rumo a seus lugares sagrados, deixando os sacerdotes desfrutarem um último momento à porta, olhando Marte, esse estranho mundo. Soprava um vento frio.

***

Chegou a meia-noite e depois uma e depois duas e, às três, na madrugada fria e profunda de Marte, o padre Niven se agitava. Velas bruxuleavam em brandos sussurros.

Folhas tremulavam contra sua janela.

De repente, ele se sentou na cama, meio sobressaltado por um sonho com gritos e perseguição de uma multidão enfurecida. Ficou escutando.

Longe dali, lá embaixo, ele ouviu o cerrar de uma porta externa.

Colocando um robe, o padre Niven desceu as escadas mal iluminadas da casa paroquial e atravessou a igreja, onde dezenas de velas aqui e ali formavam sua própria poça de luz.

Verificou todas as portas, pensando: *Tolice, para que trancar igrejas? O que há para ser roubado?* Mas, ainda assim, ele rondou a noite adormecida...

.... e encontrou a porta da frente da igreja destrancada, sendo empurrada suavemente pelo vento.

Tremendo, ele fechou a porta.

Corrida de passos leves.

Ele procurou ao redor.

A igreja estava vazia. As chamas das velas se inclinavam para cá e para lá. em seus santuários. Havia apenas o cheiro antigo de cera e incenso queimando, coisas que sobraram de todos os mercados do tempo e da história; outros sóis e outras luas.

Enquanto olhava para o crucifixo acima do altar principal, estacou.

Ouviu o som de uma única gota d'água caindo na noite.

Lentamente, ele se virou para olhar para o batistério no fundo da igreja.

Não havia nenhuma vela ali, no entanto...

Uma luz pálida saía daquele pequeno recanto onde ficava a pia batismal.

"Bispo Kelly?", ele chamou baixinho.

Subindo lentamente entre as fileiras de bancos, ele começou a sentir muito frio e parou, porque...

Uma outra gota d'água havia pingado, caído, dissolvido.

Era como se houvesse uma torneira gotejando em algum lugar. Mas não havia torneiras. Apenas a pia batismal, dentro da qual, gota a gota, caía um líquido lento, com intervalo de três batidas de coração entre cada som.

Secretamente, o coração do padre Niven dizia algo a si mesmo e disparava, depois diminuía o ritmo e quase parava. Ele começou a suar profusamente.

Viu-se incapaz de se mover, mas mover-se era preciso, um pé depois do outro, até chegar ao arco de entrada do batistério.

Havia de fato uma luz pálida na escuridão do pequeno lugar.

Não, uma luz não. Uma forma, um vulto.

O vulto estava em pé atrás e além da pia batismal. O som dos pingos havia parado.

Língua travada na boca, olhos arregalados em uma espécie de loucura, o padre Niven sentiu-se cego. Então, a visão retornou, e ele ousou gritar:

"Quem?"

Uma única palavra, que ecoou em todos os lados da igreja, que fez as chamas das velas se agitarem em reverberação, que sacudiu o pó de incenso, que apavorou seu coração ao responder rapidamente "Quem!".

A única luz dentro do batistério vinha das vestes pálidas do vulto ali postado diante dele. E essa luz foi suficiente para que ele visse uma coisa incrível.

Enquanto o padre Niven observava, o vulto se moveu, estendeu a mão pálida sobre o batistério.

A mão pendeu ali como se não quisesse, uma coisa separada do Fantasma ali atrás, como se tivesse sido agarrada e puxada para a frente, resistindo a revelar, diante do olhar apavorado e fascinado do padre Niven, o que estava no centro da palma branca e aberta.

Ali havia um buraco de bordas irregulares, um orifício de onde, lentamente, gota a gota, pingava, caía e escorria sangue para dentro da pia batismal.

As gotas de sangue atingiam a água benta, coloriam-na e se dissolviam em lentas ondas.

A mão permaneceu ali por um momento diante dos olhos ora cegos, ora sãos.

Como se atingido por um golpe terrível, o sacerdote caiu de joelhos desatando em um choro engasgado, meio desespero, meio revelação, uma das mãos sobre os olhos e a outra afastando a visão.

"Não, não, não, não, não, não, não, não pode ser!"

Era como se um dentista medonho tivesse chegado sem anestesia e, com um único puxão, tivesse arrancado do seu corpo a alma dessangrada. Ele se sentiu aprisionado, sua vida arrancada e as raízes, ó, Deus, eram... profundas!

"Não, não, não, não!"

Mas, sim.

Olhou novamente por entre os dedos entrelaçados.

E o Homem estava ali.

E a horrível palma trêmula, ensanguentada, gotejava sobre o batistério.

"Chega!"

A palma recuou, desapareceu. O Fantasma ficou esperando.

E a face do Espírito era boa e familiar. Aqueles olhos estranhos, bonitos, profundos e incisivos eram como ele sabia que sempre deveriam ser. Havia a delicadeza da boca e a palidez emoldurada pelas madeixas esvoaçantes dos cabelos e da barba. O Homem estava envolto na simplicidade das vestes usadas nas praias e no deserto próximos à Galileia.

O sacerdote, com um grande esforço de vontade, impediu as próprias lágrimas de caírem, interrompeu a agonia de sua surpresa, dúvida, choque, essas coisas incômodas que se rebelavam dentro dele e ameaçavam irromper. Ele tremia.

E então viu que o Vulto, o Espírito, o Homem, o Fantasma, seja lá o que for, estava tremendo também.

Não, pensou o sacerdote. *Não pode ser Ele! Com medo? Com medo... de mim?*

E então o Espírito se contorceu em imensa agonia, não diferente da sua, como uma imagem espelhada de seu próprio choque, escancarou a boca, fechou os olhos e rogou:

"Por favor, deixe-me ir".

Ao ouvir isso, o jovem sacerdote arregalou ainda mais os olhos e ofegou. Ele pensou: *Mas você é livre. Ninguém o mantém preso aqui!*

E naquele instante:

"Sim!", gritou a Visão. "Você me mantém! Por favor! Desvie o olhar! Quanto mais você olha, mais eu me torno assim! Não sou o que pareço!"

Mas, pensou o sacerdote, *eu não falei nada! Meus lábios não se moveram! Como esse Fantasma sabe o que está em minha mente?*

"Eu sei tudo o que você pensa", disse a Visão, trêmula, pálida, escondendo-se na escuridão do batistério. "Toda frase, toda palavra. Eu não pretendia vir. Eu me aventurei na cidade. De repente, eu era muitas coisas para muitas pessoas. Corri. Elas me seguiram. Fugi para cá. A porta estava aberta. Entrei. E então, e então... Ah, e então fui aprisionado."

Não, pensou o sacerdote.

"Sim", choramingou o Fantasma. "Por você."

Lentamente, então, vergando sob o peso de uma revelação ainda mais terrível, o sacerdote agarrou-se à borda da pia e se colocou de pé, oscilante. Finalmente, ousou perguntar:

"Você não é... o que parece?"

"Não sou", disse o outro. "Perdoe-me."

Eu, o sacerdote pensou, *vou enlouquecer.*

"Não faça isso", disse o Fantasma, "ou eu serei arrastado à loucura junto com você."

"Não posso desistir de Vós, ó, meu bom Deus, agora que estais aqui, depois de todos estes anos, todos os meus sonhos, não vedes, estais pedindo demais. Dois mil anos, uma raça inteira de pessoas espera por Vossa volta! E eu sou aquele que Vos encontrei, que Vos vê..."

"Você encontrou apenas o seu próprio sonho. Você vê apenas a sua própria necessidade. Por trás de tudo isso...", a figura tocou as próprias vestes e o peito, "sou uma outra coisa."

"O que tenho de fazer?", o sacerdote explodiu, olhando ora para os céus, ora para o Fantasma, que tremeu com seu grito. "O quê?"

"Desvie o olhar. Nesse momento, eu sairei pela porta e irei embora."

"Assim... simplesmente assim?"

"Por favor", disse o Homem.

O sacerdote, tremendo, deu uma série de suspiros.

"Ah, se este momento pudesse durar pelo menos uma hora."

"Você quer me matar?"

"Não!"

"Se me mantiver, me forçar a ficar nesta forma por mais algum tempo, minha morte será culpa sua."

O sacerdote mordeu o nó dos dedos e sentiu um acesso de tristeza fustigar seus ossos.

"Você... você é um marciano então?"

"Nem mais. Nem menos."

"E eu fiz isso a você com meus pensamentos?"

"Você não teve a intenção. Quando desceu as escadas, seu antigo sonho se apossou de mim e me transformou. As palmas de minhas mãos ainda sangram com as feridas que você tirou do íntimo de sua mente."

O sacerdote balançou a cabeça, estupefato.

"Só mais um pouco... espere..."

Ele olhava fixamente, ávido, para a escuridão onde o Fantasma se escondia da luz. Aquela face era linda. E, ah, aquelas mãos eram adoráveis e além de qualquer descrição.

O sacerdote fez um gesto de assentimento, uma tristeza em si como se tivesse naquela hora voltado do verdadeiro Calvário. E o tempo passou. E as brasas espalhadas se extinguiam na areia próximo à Galileia.

"Se... Se eu deixá-lo ir..."

"Você precisa, ah, você precisa!"

"Se eu deixá-lo ir, promete..."

"O quê?"

"Promete que irá voltar?"

"Voltar?", gritou o vulto na escuridão.

"Uma vez por ano, é tudo o que peço, volte uma vez por ano, aqui, a este lugar, a esta pia, à mesma hora da noite..."

"Voltar...?"

"Prometa! Ah, eu preciso viver este momento de novo. Você não sabe como é importante! Prometa ou não o deixarei ir!"

"Eu..."

"Diga. Jure!"

"Eu prometo", disse o Fantasma, pálido, no escuro. "Eu juro."

"Obrigado, ah, obrigado."

"Em que dia do ano a partir de agora eu devo retornar?"

As lágrimas começaram então a escorrer pelo rosto do jovem sacerdote. Ele mal conseguia se lembrar do que queria dizer e, quando disse, mal conseguiu ouvir:

"Na Páscoa, ah, Deus, sim, na Páscoa, daqui a um ano!"

"Por favor, não chore", disse o vulto. "Eu virei. Na Páscoa, você disse? Conheço o seu calendário. Sim. Agora..." A mão pálida e ferida se mexeu no ar, implorando baixinho. "Posso ir?"

O sacerdote cerrou os dentes para impedir que o choro de angústia irrompesse.

"Abençoe-me e vá."

"Deste jeito?", disse a voz.

E a mão estendeu-se para tocá-lo muito delicadamente.

"Rápido!", gritou o sacerdote, olhos fechados, apertando os punhos com força contra as costelas para evitar que suas mãos o agarrassem. "Vá antes que eu o prenda aqui para sempre. Corra. Corra!"

A mão pálida tocou sua fronte uma última vez. Ouviu-se um leve correr de pés descalços.

Uma porta se abriu em direção às estrelas; a porta bateu.

Houve um momento longo em que o eco da batida da porta atravessou a igreja, chegando a cada altar, entrando em cada alcova e subindo como o voo cego de algum pássaro solitário, procurando e encontrando a liberdade na abside. A igreja finalmente parou de tremer e o sacerdote colocou as mãos sobre o peito, parecendo dizer-se como se comportar, respirar novamente; aquietar-se, acalmar-se, compor-se...

Por fim, correu até a porta e se agarrou a ela, desejando escancará-la, olhar para a estrada que devia estar vazia então, talvez com um vulto de branco, fugindo ao longe. Ele não abriu a porta.

Andou pela igreja, feliz pelas coisas a fazer, terminando o ritual de trancar tudo. Era um longo caminho até todas as portas. Era um longo caminho até a próxima Páscoa.

Parou junto à pia e viu a água limpa sem nenhum traço de vermelho. Mergulhou a mão e refrescou a testa e as têmporas e as bochechas e as pálpebras.

Então, caminhou lentamente pela passagem entre os bancos e se deitou diante do altar e deixou-se irromper em lágrimas e chorar de verdade. Ouviu o som de sua tristeza subir, e descer, em agonia, da torre onde o sino pendia silencioso.

E chorou por muitas razões.

Por si mesmo.

Pelo Homem que havia estado ali um momento antes.

Pelo longo tempo até que a pedra fosse removida e o sepulcro novamente encontrado vazio.

Até que Simão-chamado-Pedro visse mais uma vez o Fantasma na praia marciana, e a si mesmo, Simão Pedro.

E, acima de tudo, chorou porque, ah, porque... nunca em sua vida poderia falar dessa noite a ninguém...

A AUTÊNTICA MÚMIA
EGÍPCIA FEITA EM CASA

Foi NAQUELE OUTONO que encontraram, nas proximidades do lago Loon, uma autêntica múmia egípcia.

Como e há quanto tempo aquela múmia tinha ido parar lá ninguém sabia. Mas lá estava ela, envolta em trapos creosotados, um pouco carcomida pelo tempo e à espera de ser descoberta.

Na véspera — apenas um dia normal de outono, com árvores avermelhadas e folhas como que queimadas e um forte cheiro de pimenta no ar —, Charlie Flagstaff, de doze anos, tinha saído de casa e se plantado bem no meio de uma rua deserta, à espera de que algo grandioso, especial e emocionante acontecesse.

"Muito bem", disse Charlie ao céu, ao horizonte, ao mundo inteiro. "Estou esperando. Venha!"

Nada aconteceu. Então Charlie foi chutando todas as folhas que encontrou enquanto atravessava a cidade até chegar à casa mais alta da maior rua, a casa aonde iam todos os que tinham problema em Green Town. Charlie estava carrancudo e inquieto. Tinha problemas, claro, mas não conseguia identificá-los. Então fechou os olhos e gritou em direção às janelas da casa:

"Coronel Stonesteel!"

A porta da frente escancarou-se como se o velho estivesse ali esperando, assim como Charlie, que alguma coisa inacreditável acontecesse.

"Charlie", gritou o coronel Stonesteel, "você já está bem grandinho para saber bater à porta. Por que será que os rapazes têm sempre de ficar gritando na frente da casa dos outros. Tente outra vez."

A porta se fechou.

Chalie suspirou, deu alguns passos, bateu educadamente.

"Charlie Flagstaff, é você?" A porta se abriu de novo e o coronel olhou para fora e para baixo. "Pensei ter dito para você *gritar* em volta da casa!"

"Droga", suspirou Charlie desesperado.

"Olhe só para este tempo. Que droga que nada!" O coronel avançou como se para afiar seu extraordinariamente bem feito nariz em forma de machadinha no vento frio. "Você não gosta do outono, garoto? Lindo, lindo dia! Não é mesmo?"

O coronel virou-se e olhou o rosto pálido do menino.

"Meu filho, parece que seu único amigo o abandonou e seu cachorro morreu. Qual é o problema? As aulas começam na semana que vem?"

"Sim."

"E o Dia das Bruxas, ainda demora muito?"

"Ainda faltam seis semanas, mas parece que é um ano. O senhor já notou, coronel..." — o garoto soltou um suspiro mais profundo, olhando a cidade outonal — "... que nunca acontece nada por aqui?"

"Bom, amanhã é o Dia do Trabalho, grande desfile, sete carros, o prefeito, fogos de artifício talvez. Hum!"

O coronel parou subitamente, nem um pouco impressionado com sua lista de supermercado.

"Quantos anos você tem, Charlie?"

"Treze, quase."

"As coisas tendem a piorar quando se chega aos treze." O coronel revirava os olhos buscando informações meio desarticuladas dentro de sua mente. "E aos catorze, então, tudo para. Aos dezesseis, pode-se até morrer. Aos dezessete é o fim do mundo. As coisas só começam a melhorar de novo dos vinte em diante. Enquanto isso, Charlie, o que fazemos para sobreviver até o meio-dia desta manhã de véspera do Dia do Trabalho?"

"Se há alguém que sabe é o senhor, coronel", disse Charlie.

"Charlie", falou o velho, desviando-se do olhar claro do menino. "Posso manipular políticos do tamanho de porcos de exposição, sacudir os esqueletos da prefeitura, fazer as locomotivas correrem para trás na subida. Mas, garotos, em um longo fim de semana de outono, com mil ideias na cabeça e um caso sério de ociosidade mórbida? Bem..."

O coronel Stonesteel olhou para as nuvens avaliando o futuro.

"Charlie", ele disse finalmente, "estou tocado e comovido com a sua situação, deitado nos trilhos da estrada de ferro, à espera de um trem que nunca virá. Que tal isto? Aposto seis barras de chocolate contra sua promessa de cortar minha grama que a cidade de Green Town, no norte de Illinois, com uma população de 5.062 pessoas e mil cachorros sofrerá uma mudança permanente, mudança para melhor, por Deus, nas próximas vinte e quatro miraculosas horas. Gostou? Aceita a aposta?

"Nossa!", Charlie, entusiasmado, agarrou a mão do velho, sacudindo-a com força. Está apostado! Coronel Stonesteel, eu sabia que o senhor conseguiria!"

"Ainda não está feito, filho. Mas, veja só. A cidade é o mar Vermelho. Eu ordeno que ele se *divida*. Abram alas!"

***

Entraram na casa, o coronel marchando e Charlie correndo.

"Aqui estamos, Charlie, ferro-velho ou cemitério. Qual dos dois?"

O coronel farejou uma porta que dava para o porão encravado na terra e uma outra que levava até o sótão de madeira seca.

"Bem..."

O sótão gemeu com uma súbita corrente de vento, como se fosse um homem velho morrendo durante o sono. O coronel empurrou a porta, escancarando-a para os sussurros outonais, grandes tempestades trementes aprisionadas nas vigas.

"Está ouvindo, Charlie? O que ele lhe diz?"

"Bem..."

Uma rajada de vento soprou o coronel escada escura acima, como se fosse uma simples folha seca.

"O tempo, principalmente, ele diz, a velhice e a memória, um monte de coisas. Poeira e talvez dor. Ouça aquelas vigas! Deixe o vento soprar o esqueleto de madeira num belo dia de outono e você realmente ouvirá a conversa do tempo. Queimadas e cinzas, aromas de Bombaim, flores de túmulos entregues a fantasmas..."

"Puxa, coronel!", ofegava Charlie subindo, "o senhor devia escrever para uma revista de mistério!"

"Já escrevi. Fui recusado. Chegamos!"

E realmente lá estavam, em um lugar sem calendário, sem meses, sem dias, sem anos, apenas vastas sombras de aranhas e lampejos de luz de candelabros despencados, jazendo ali como grandes lágrimas no meio da poeira.

"Puxa!", exclamou Charlie amedrontado e feliz.

"Bobinho", disse o coronel.

"Pronto para assistir ao nascimento de um mistério real, extraordinário, ao vivo e em cores?"

"Pronto!"

O coronel tirou da mesa vários mapas, gráficos, bolinhas de gude de ágata, olhos de vidro, teias de aranha e muitos espirros de poeira; então, arregaçou as mangas.

"A melhor coisa do nascimento de mistérios é que você não tem de ferver água ou se lavar. Me dê aquele rolo de papiro ali, garoto, aquela agulha de tapeçaria logo abaixo, aquele velho diploma na prateleira, aquele pacote de algodão ali no chão. Rápido!"

"Já vou." Charlie corria e buscava coisas, buscava e corria.

Feixes de galhos secos, amarrados de sabugueiro e taboa voavam. As dezesseis mãos do coronel agitavam-se freneticamente no ar, segurando dezesseis agulhas luminosas, restos de couro, farfalhar de grama campestre, lascas de pena de coruja, lampejos de olho amarelo-brilhante de raposa. O coronel zumbia e bufava, enquanto seus oito miraculosos conjuntos de braços e mãos agarravam e espreitavam, costuravam e dançavam.

"Aí está!", ele gritou, apontando com o nariz. "Meio pronto. Tomando forma. Olhe bem, garoto. Está começando a ficar parecido com quê?"

Charlie dava voltas em torno da mesa, os olhos tão arregalados que quase emendavam com a boca.

"Noooossa!", ele ofegou.

"E aí?"

"Parece..."

"Diga. Diga."

"Uma múmia! *Não pode ser!*"

"É! Na mosca, garoto! *É!*"

O coronel inclinou-se sobre aquele objeto comprido. Com os punhos enfiados na sua criação, ele ouvia os sussurros e assobios daqueles juncos, cardos e folhas secas.

"Bem, antes de tudo, você pode estar se perguntando por que alguém *construiria* uma múmia. Você foi quem me inspirou, Charlie. Você me levou a isso. Dê uma olhada aí pela janela do sótão."

Charlie cuspiu no vidro empoeirado, limpou bem um pedaço e olhou para fora.

"Bem", disse o coronel. "O que você está vendo? Alguma coisa está acontecendo na cidade, aí fora, garoto? Algum assassinato sendo tramado?"

"Droga, não."

"Alguém está despencando da torre da igreja ou sendo atropelado por um cortador de grama maníaco?"

"Nada disso."

"Fragatas inimigas combatendo no lago, dirigíveis caindo no templo maçônico e esmagando seis mil maçons de uma só vez?"

"Cruzes, coronel, só existem cinco mil habitantes em Green Town!"

"Vigie, garoto. Fique atento. Espie. Mantenha-me informado!"

Charlie olhava para uma cidade bem pacata.

"Nenhum dirigível. Nenhum templo maçom destruído."

"Certo!"

O coronel correu para se juntar a Charlie na observação do território. Apontava com a mão, apontava com o nariz.

"Em toda Green Town, em toda a sua vida, nenhum único assassinato, um incêndio em um orfanato, um louco esculpindo seu nome nas pernas de pau de alguma bibliotecária! Encare este fato, garoto: Green Town, em Illinois, é a cidade mais comum, ordinária, medíocre e chata de toda a eterna história dos impérios romano, germânico, russo, britânico e americano! Se Napoleão tivesse nascido aqui teria cometido haraquiri aos nove anos de idade. Tédio! Se Júlio César tivesse crescido aqui, ele mesmo, aos dez anos, teria ido ao Fórum Romano e enfiado uma adaga no peito..."

"Tédio", disse Charlie.

"Cor-re-to! Fique olhando pela janela, enquanto eu trabalho, filho." O coronel Stonesteel retomou o processo de malhar, golpear e empurrar uma estranha forma crescente por detrás da mesa que rangia. "Tédio aos quilos, às toneladas. Tédio aos metros e quilômetros. Gramados, casas, pelo nos cachorros, cabelo nas pessoas, ternos em vitrines empoeiradas, tudo farinha do mesmo saco..."

"Tédio", ecoou Charlie.

"E o que a gente pode fazer quando está entediado, filho?"

"Bem... quebrar a janela de uma casa mal-assombrada?"

"É uma pena não termos nenhuma casa mal-assombrada aqui em Green Town, garoto."

"Antes tinha. A do velho Higley. Foi demolida."

"Está *vendo*? Então, o que mais podemos fazer para não ficarmos tão entediados?"

"Impedir um massacre?"

"Não houve nenhum massacre aqui em todos esses anos. Meu Deus, até o nosso chefe de polícia é honesto! O prefeito... não é corrupto! Que loucura! A cidade toda se encontra na mais completa calmaria e pasmaceira. Última chance, Charlie, o que vamos *fazer*?"

"Fazer uma múmia?", disse Charlie sorrindo.

"Macacos me mordam. Preste atenção!"

O velho, às gargalhadas, agarrou pedaços de corujas empalhadas, rabos torcidos de lagartos e velhas ataduras impregnadas de nicotina, sobras de uma queda de esqui que rompera, ao mesmo tempo, os ligamentos de um tornozelo e um romance em 1895, alguns pedaços de cilindro de um calhambeque de 1922, e alguns fogos de artifício daquele último verão pacífico, tudo isso foi trançado, amarrado com seus dedos ágeis como insetos saltitantes.

"*Voilà!* Aí está, Charlie. Pronto!"

"Nossa, coronel!" O menino arregalou os olhos e prendeu a respiração. "Posso fazer uma coroa para ela?"

"Faça uma coroa para ela, garoto, faça."

***

O sol estava se pondo quando o coronel, Charlie e sua amiga egípcia desceram a escada dos fundos da casa do velho, escondidos na penumbra, dois deles caminhando pesado como chumbo, o terceiro flutuando no ar outonal com a leveza de flocos de milho tostados.

"Coronel", quis saber Charlie, "agora que temos esta múmia, o que vamos fazer com ela? Afinal, ela não parece poder falar muito ou andar por aí..."

"Nem precisa, garoto. Deixe o povo falar, deixe o povo correr. Olhe!"

Abriram a porta e espreitaram a cidade esmagada pela paz e arruinada pelo não-ter-o-que-fazer.

"Não basta que você tenha se recuperado de um ataque quase fatal de ociosidade mórbida, não é? Toda a cidade está metida até as orelhas em sua vigília, sem ponteiros nos relógios, com medo de acordar pela manhã e descobrir que é domingo para sempre! Quem poderá salvá-la, garoto?"

"Amon Bubastis Ramsés-Rá Terceiro, recém-chegado no expresso das quatro?"

"Deus o abençoe, filho, sim. É isso mesmo. O que temos aqui é uma semente gigantesca, mas as sementes só valem quando fazemos com elas *o quê*?"

"Ora", disse Charlie, piscando um olho. "Plantamos?"

"Plantamos! E então observamos seu crescimento. E depois? Tempo de colheita. Colheita! Venha, garoto, e... traga seu amigo."

O coronel saiu sorrateiramente em direção ao primeiro anoitecer. A múmia vinha logo atrás, ajudada por Charlie.

***

Ao meio-dia do Dia do Trabalho, Osíris Bubastis Ramsés Amon-Rá-Tut chegou da Terra dos Mortos.

Um vento de outono torcia a terra e escancarava as portas, trazendo não o barulho rotineiro de um desfile do Dia do Trabalho, sete carros, uma banda e um prefeito, mas sim o de uma multidão cada vez maior, invadindo as ruas e caindo como a maré, inundando o gramado em frente à casa do coronel Stonesteel. O coronel e Charlie estavam sentados no terraço horas a fio, esperando os acessos de histeria vindouros e a queda da Bastilha. Agora, com todos os cães repentinamente enlouquecidos, mordendo os tornozelos dos meninos, e os meninos dançando à volta da multidão compacta, o coronel baixou os olhos para a Criação (dele e de Charlie) e deu um sorriso matreiro.

"Bem, Charlie... Vou ganhar a aposta?"

"Claro que vai, coronel!"

"Vamos."

Os telefones começaram a tocar em toda a cidade e o almoço queimou em muitos fogões, enquanto o coronel ia ao encontro do desfile para lhe dar sua bênção papal.

No centro da multidão vinha uma carroça puxada por cavalos. Em cima dela, de olhos arregalados pela descoberta, estava Tom Tuppen, dono de uma fazenda meio arruinada nos arredores da cidade. Tom gaguejava, assim como a multidão, porque na carroça, logo atrás, vinha uma colheita especial obtida com um atraso de quatro mil anos perdidos.

"Transborda o Nilo, planta-se no Delta", disse o coronel ofegante com os olhos estatelados, fixos, fingindo surpresa. "É ou não é uma autêntica múmia egípcia antiga enrolada em seus papiros originais e trapos alcatroados?"

"Claro que é!", gritou Charlie.

"Claro que é!", gritou todo mundo.

"Estava trabalhando no campo, hoje de manhã", disse Tom Tuppen. "Cavando, só cavando! De repente, bum! Apareceu isso bem na minha frente! Quase tive um ataque. Pensem bem! Os egípcios devem ter marchado pelas terras de Illinois há três mil anos e ninguém sabia disso! Revelação, é o que eu digo! Saiam da frente, crianças! Estou levando esse achado para o saguão do Correio. Para ficar em exposição. Saiam do caminho, andem!"

O cavalo, a carroça, a múmia e a multidão se afastaram, deixando para trás o coronel, ainda com os olhos arregalados e a boca aberta, fingindo espanto.

"Que ótimo! Conseguimos, Charlie", disse o coronel baixinho. 'Esse tumulto, histeria e falatório vão durar mil dias ou até o Armagedon, o que vier primeiro!"

"Sim, *senhor*, coronel!"

"Michelangelo não teria feito melhor. O seu *Davi* não passa de uma maravilha desperdiçada, abandonada e esquecida, comparada à nossa surpresa egípcia e..."

O coronel parou ao ver o prefeito chegar.

"Coronel, Charlie, como vão? Acabei de falar com Chicago. Amanhã de manhã chegam os jornalistas! E o pessoal do museu, na hora do almoço! Viva a Câmara de Comércio de Green Town!"

O prefeito correu, atrás da multidão.

Uma nuvem outonal obscureceu o rosto do coronel, pairando sobre sua boca.

"Fim do primeiro ato, Charlie. Pense rapidamente. Vem aí o segundo ato. Bem que essa comoção podia durar para sempre, não é?"

"Sim, senhor."

"Quebre a cabeça, garoto. O que sugere?"

"Acho que... dois pulos para trás?"

"Você merece a nota máxima, uma medalha de ouro e um doce! O Senhor nos deu e o Senhor nos tirou, não é?"

Charlie olhou para o coronel e viu a presença de pragas no rosto do velho.

"Sim, senhor."

O coronel observava a multidão acotovelando-se ao redor do prédio do Correio, a duas quadras dali. A banda chegou e começou a tocar uma melodia vagamente egípcia.

"Após o pôr do sol, Charlie, vamos jogar nossa última cartada", sussurrou o coronel, de olhos fechados.

**

Que dia! Muitos anos mais tarde, as pessoas ainda diriam "Que dia!". O prefeito foi para casa, vestiu-se formalmente e voltou e fez três discursos e encabeçou dois desfiles, um subindo a rua principal até o fim da linha do ônibus, e outro no sentido contrário, ambos tendo como centro de atenção Osíris Bubastis Ramsés Amon-Rá-Tut sorrindo, ora para a direita, quando a gravidade deslocava seu ligeiro peso, ora para a esquerda, quando o cortejo dobrava uma esquina. Os membros da banda de pífanos e tambores, que havia sido incrementada com instrumentos metálicos, tinham passado uma hora tomando cerveja, estudando a marcha triunfal de *Aïda* e repetindo-a tantas vezes que as mães precisaram voltar para casa com seus bebês aos berros, enquanto os homens lotavam os bares para relaxar os nervos. Houve uma conversa sobre um terceiro desfile e um quarto discurso, mas logo o sol se pôs, pegando a cidade desprevenida e todos, inclusive Charlie, voltaram para casa e tiveram um jantar com muito falatório e pouca comida.

Lá pelas oito horas, Charlie e o coronel percorriam as ruas cheias de folhas, tomando o ar da noite, no Moon 1924 do velho, um carro que supria com tremedeira as falhas do dono.

"Aonde vamos, coronel?"

O coronel, sem pressa, a quinze filosóficos quilômetros por hora, raciocinava.

"Bem, todo mundo, incluindo a sua família, está fora de casa agora, lá em Grossett Meadow, não é? Ouvindo os últimos discursos do Dia do Trabalho. Alguém vai inflar tanto o ego do prefeito que ele vai se elevar nos ares, certo? O corpo de bombeiros vai soltar os foguetes. Isso quer dizer que o Correio, múmia e chefe de polícia, que está lá sentado com ela, todos estarão vazios e vulneráveis. Então, acontecerá um milagre, Charlie. Tem de acontecer. Pergunte por quê."

"Por quê?"

"Que bom que você perguntou. Bem, garoto, amanhã o pessoal de Chicago vai pular do trem, agitados e frescos como panquecas, com seus narizes farejadores, olhos de vidro e microscópios. Os bisbilhoteiros do museu e os jornalistas vão esquadrinhar o nosso faraó egípcio e virá-lo pelo avesso. Em vista disso, Charles..."

"Vamos lá meter nossa colher de pau!"

"Sua maneira de falar é meio rude, garoto, mas contém muita verdade. Encare as coisas desse modo, filho: a vida é um espetáculo mágico, ou *deveria* ser se as pessoas não ficassem por aí dormindo. Sempre deixe algum mistério na vida das pessoas, filho. Agora, antes que as pessoas se acostumem com o nosso velho amigo, e antes que ele use a toalha de banho errada, como qualquer hóspede esperto de fim de semana, ele deve pegar o próximo camelo para o Oriente. Chegamos!"

O prédio do Correio estava silencioso, com uma única luz brilhando no salão. Pela grande janela, eles podiam ver o chefe de polícia sentado ao lado da múmia em exposição, sem que nenhum deles dissesse uma única palavra, abandonados pela multidão que tinha ido atrás da ceia e dos fogos de artifício.

"Charlie." O coronel mostrou um saco pardo dentro qual se agitava um líquido misterioso. "Preciso de trinta e cinco minutos para amolecer o policial. Então, você entra silenciosamente, fica escutando, segue minhas deixas e faz o milagre acontecer. Lá vamos nós!"

E o coronel desapareceu.

Além da cidade, o prefeito sentou-se e os fogos de artifício pipocaram.

Charlie ficou de pé no carro do coronel e observou os fogos durante meia hora. Em seguida, calculando que o tempo tinha sido suficiente, atravessou a rua e se enfiou no prédio do Correio, abrigando-se nas sombras.

"Bem, agora", o coronel dizia sentado entre o faraó egípcio e o policial, "por que o senhor não termina essa bebida?"

"Terminei", disse o policial, obedecendo.

O velho inclinou-se à meia-luz e examinou o amuleto dourado no peito da múmia.

"O senhor acredita em provérbios antigos?"

"Que provérbios?", perguntou o policial.

"Se alguém lê os hieróglifos em voz alta, a múmia volta à vida e caminha."

"Tolice", disse o policial.

"Olhe só para todos esses exóticos símbolos egípcios!", continuou o coronel.

"Roubaram meus óculos. Leia esta coisa para mim", disse o policial. "Faça a idiota da múmia andar."

Charlie compreendeu que aquele era um sinal para que se movimentasse e avançou pelas sombras até ficar bem próximo do rei egípcio.

"Vamos lá." O coronel curvou-se até o amuleto do faraó, enquanto fazia os óculos do policial deslizarem de sua mão para o bolso lateral.

"O primeiro símbolo aqui é um falcão. O segundo é um chacal. Aquele terceiro é uma coruja. E o quarto, um olho amarelo de raposa..."

"Continue", disse o policial.

O coronel continuou e sua voz aumentava e diminuía de intensidade à medida que a cabeça do policial assentia e todas as pinturas egípcias e todas as palavras fluíam e tocavam a múmia, até que, finalmente, o coronel deu um grande suspiro.

"Meu Deus", chefe, "olhe!"

O chefe de polícia arregalou os olhos.

"A múmia", disse o coronel. "A múmia vai dar um passeio!"

"Não pode ser!", gritou o chefe de polícia. "Não pode ser!"

"Pode", disse uma voz, em algum lugar, talvez o próprio faraó. E a múmia levantou-se e começou a flutuar em direção à porta.

"Nossa!", gritou o policial com lágrimas nos olhos.

"Acho que ela vai... *voar!*"

"É melhor segui-la e trazê-la de volta", disse o coronel.

"Faça isso!", disse o chefe de polícia.

A múmia sumiu. O coronel correu. A porta se fechou.

"Ó, meu Deus!" O policial levantou a garrafa e sacudiu. "Vazia."

***

Os dois chegaram exaustos à frente da casa de Charlie.

"Seu pessoal sobe ao sótão às vezes, garoto?"

"É muito pequeno. Eles me mandam lá em cima buscar coisas."

"Muito bom. Levante o nosso antigo amigo egípcio do banco de trás, não pesa muito, dez quilos no máximo, você consegue carregá-lo sem problemas, Charlie. Mas que visão aquela. Você saindo do Correio, fazendo a múmia caminhar. Precisava ver a cara do chefe de polícia!"

"Espero que ele não tenha problemas por causa disso."

"Ora, ele vai quebrar a cabeça e inventar uma boa história. Não pode simplesmente admitir que viu a múmia levantar para dar um passeio, não é? Ele vai pensar em alguma coisa, organizar uma busca, quem sabe? Mas, agora, filho, pegue o nosso amigo antigo e esconda-o bem e faça visitas a ele semanalmente. Alimente-o com conversas noturnas. Então, daqui a trinta, quarenta anos..."

"O quê?", perguntou Charlie.

"Em algum ano ruim inundado de tédio até as orelhas, quando a cidade há muito tiver esquecido esta primeira chegada e partida, digamos, em uma manhã em que você estiver na cama, sem vontade de se levantar, sem vontade de mexer as orelhas ou piscar, de tanto tédio... bem, então, Charlie, *nessa* manhã, você vai subir ao seu sótão e sacudir a múmia, tirá-la da cama e jogá-la em um milharal e assistir a uma outra multidão pegar fogo. E a vida vai começar de novo, naquela hora, naquele dia, para você, para a cidade, para todo mundo. Agora, agarre isso aí e esconda, garoto!"

"Pena que a noite tenha acabado", disse Charlie, baixinho. "Não podemos andar mais umas quadras e tomar uma limonada no terraço de sua casa? Com *ele*, também?"

"Tudo bem. Limonada." O coronel Stonesteel bateu o calcanhar no assoalho do carro. O carro explodiu com vida nova. "Pelo rei perdido e pelo filho do faraó!"

***

Tarde da noite daquele feriado do Dia do Trabalho, os dois estavam sentados novamente no terraço da casa do coronel, balançando-se na brisa, com um copo de limonada na mão, gelo na boca, saboreando o agradável gosto das incríveis aventuras da noite.

"Puxa", disse Charlie, "já estou vendo as manchetes do jornal amanhã: MÚMIA PRECIOSA SEQUESTRADA. RAMSÉS AMON-RÁ-TUT DESAPARECE. GRANDE DESCOBERTA SOME. RECOMPENSA OFERECIDA. CHEFE DE POLÍCIA PERPLEXO. PEDIDO DE RESGATE AGUARDADO."

"Vá falando, garoto, você tem jeito com as palavras."

"Aprendi com o senhor, coronel. Agora é sua vez."

"O que você quer que eu diga, filho?"

"Sobre a múmia. O que ela é realmente? Do que ela foi feita realmente? De onde veio? O que *significa*...?"

"Ora, garoto, você estava lá, comigo, você ajudou, você *viu*..."

Charles olhou para o velho, fixamente.

"Não." Respirou fundo. "Diga-me, coronel."

O velho levantou-se e ficou nas sombras entre as duas cadeiras de balanço. Estendeu o braço para tocar aquela obra-prima da Antiguidade, feita de tabaco escolhido e seco no fundo do rio Nilo, que se inclinava sobre as madeiras do terraço. Os últimos fogos do Dia do Trabalho morriam no céu. Sua luz era tragada pelos olhos de lápis-lazúli da múmia, que pareciam observar o coronel do mesmo modo que o menino fazia, esperando.

"Você quer saber quem ela era *verdadeiramente*, há muito tempo?"

O coronel ajuntou um punhado de ar em seus pulmões e expeliu-o lentamente.

"Ela era todo mundo, ninguém, alguém." Fez uma pausa. "Você. Eu."

"Continue", sussurrou Charlie.

Continue, diziam os olhos da múmia.

"Ela era, ela é", murmurou o coronel, "um pacote de velhas páginas de humor dos jornais dominicais escondidos no sótão e destinados a combustão espontânea, como todas essas ideias e coisas esquecidas. É um rolo de papiro deixado em um campo no outono, muito antes do tempo de Moisés. Um amaranto de papel machê arrancado do tempo, ora um crepúsculo há muito desaparecido, ora uma aurora recorrente... talvez um pesadelo com restos de nicotina, uma bandeira inclinada como o rabo de um cachorro no poste ao meio-dia, prometendo alguma coisa, tudo... Um mapa do Sião, as nascentes azuis do rio Nilo, a tempestade de areia no deserto escaldante, um turbilhão de confetes feitos de bilhetes de ônibus não usados, ressequidos e amarelados, mapas de estradas que cruzam continentes e se extinguem em dunas de areia, viagens abortadas, fantásticas excursões ainda por sonhar e começar. O corpo dela?... Hummm... feito de... todas as flores esmagadas de casamentos recém-realizados, de terríveis funerais antigos, chuva de papel picado em antigas paradas extintas para sempre, passagens usadas de trens noturnos para faraós egípcios insones. Promessas escritas, bônus sem valor, escrituras amassadas. Cartazes de circo... está vendo lá? Parte de suas costelas embrulhadas no papel? Cartazes arrancados de celeiros em North Storm, Ohio, e despachados para o sul, para o Texas, ou a Terra Prometida, Ca-li-fór-ni-a-iê! Aulas inaugurais, convites de casamento, anúncios de nascimento... Todas as coisas que, em algum momento, significaram necessidade, esperança, a primeira moeda no bolso, um dólar emoldurado na parede do bar, papel de parede queimado pelos olhares incendiários, o esboço nele desenhado pelos olhos ardentes de meninos, meninas, velhos fracassados, mulheres que o tempo tornou órfãs, dizendo: Amanhã! Sim! Vai acontecer! Amanhã! Tudo o que morreu em tantas noites e renasceu, o glorioso espírito humano, e tantas raras extraordinárias auroras! Todas as tolas e estranhas sombras que passaram por sua mente, garoto, ou que desenhei na minha cabeça, às três da manhã. Tudo isso amassado, amarrado e agora enformado em um molde que está aí em nossas mãos, sob o nosso olhar. É isso que é o velho rei faraó da sétima dinastia, o próprio Sagrado Pó."

"Caramba!", disse Charlie.

O coronel voltou a viajar, de olhos fechados, sentado em sua cadeira de balanço.

"Coronel", Charlie olhava para o futuro. "E se eu, mesmo quando for velho, não precisar nunca da minha múmia particular?"

"O quê?"

"E se eu tiver uma vida tão cheia de coisas, se jamais ficar entediado, se descobrir o que quero fazer, e *fizer*, tornar cada um dos meus dias importante, cada noite maravilhosa, dormir bem, acordar gritando de alegria, rir muito, envelhecer e ainda correr rápido, coronel, o quê, *então*?"

"Bem, então, garoto, você vai ser uma das pessoas mais sortudas do mundo!"

"Sabe, coronel, tem uma coisa." Charlie observou o velho com olhos bem redondos, sem piscar. "Tomei uma decisão. Vou ser o maior escritor que jamais existiu."

O coronel parou de se balançar e buscou a chama inocente naquele pequeno rosto.

"Meu Deus, eu *vejo*. Sim. Você *será*! Bem, então, Charles, quando você for muito velho, deverá procurar algum menino que não tenha tido tanta sorte a quem dar Osíris Amon-Rá-Tut. Sua vida pode ser muito rica, mas haverá outros, perdidos no caminho, que precisarão do nosso amigo egípcio. De acordo?"

"De acordo."

Os últimos fogos de artifício haviam desaparecido, os últimos balões iluminados estavam agora navegando entre gentis estrelas. Carros e pessoas estavam todos se dirigindo ou andando de volta para casa, alguns pais ou mães carregavam suas crianças cansadas e já adormecidas. Quando o cortejo calmo passou em frente ao terraço do coronel Stonesteel, algumas pessoas deram uma olhada e acenaram para o velho e o menino, e o criado alto meio escondido nas sombras entre os dois. A noite acabara. Definitivamente. Charlie disse:

"Diga mais alguma coisa, coronel".

"Não. Já disse tudo. Ouça o que ela tem a dizer agora. Deixe que ela conte seu futuro, Charlie. Deixe que ela o ensine a contar histórias. Pronto...?"

Um vento soprou e agitou o papiro seco e inspecionou as ataduras antigas e fez tremer aquelas mãos curiosas e brandamente contraiu os lábios daquele velho/novo visitante noturno de quatro mil anos, sussurrando.

"O que ela está dizendo, Charles?"

Charlie fechou os olhos, esperou, escutou, assentiu, deixou uma lágrima solitária escorrer por seu rosto, e por fim disse:

"Tudo. Tudo mesmo. Tudo o que sempre quis *ouvir*".

A CIDADE INTEIRA DORME

O RELÓGIO DO TRIBUNAL soou sete vezes. Os ecos das badaladas enfraqueceram.

Crepúsculo quente de verão aqui no norte da zona rural de Illinois, nesta pequena cidade muito distante de tudo, cercada por rio e uma floresta e uma campina e um lago. As calçadas ainda fervendo. As lojas se fechando e as ruas sombreadas. E havia duas luas: a lua do relógio com quatro faces para os quatro cantos da noite, acima do tribunal negro e solene, e a lua de verdade se elevando no leste escuro, em sua brancura de baunilha.

Na botica, os ventiladores sussurravam no teto alto. À sombra rococó das varandas, sentavam-se, invisíveis, algumas pessoas. Ocasionalmente, o brilho rosado das pontas incandescentes dos charutos.

As portas de tela rangiam as molas e batiam. No calçamento purpúreo das ruas das noites de verão, corria Douglas Spaulding; cães e meninos seguiam-no.

"Oi, senhorita Lavinia."

Os meninos se afastaram, trotando. Acenando calmamente para eles, Lavinia Nebbs estava sentada sozinha com um copo alto de limonada fria entre os dedos brancos, levando-o aos lábios, bebericando, esperando.

"Cheguei, Lavinia."

Ela se virou e lá estava Francine, toda de branco-neve, ao pé da escada da varanda, cheirando a zínia e hibisco.

Lavinia Nebbs trancou a porta da frente e, deixando na varanda o copo de limonada meio vazio, disse:

"Está uma noite agradável para ir ao cinema."

Elas desceram a rua.

"Onde estão indo, meninas?", gritaram as senhoritas Fern e Roberta de sua varanda do outro lado da rua.

Lavinia respondeu através do oceano de escuridão:

"Ao Cine Elite, ver Charlie Chaplin."

"Não sairíamos numa noite assim", resmungou a senhorita Fern. "Não com o Solitário por aí, estrangulando mulheres. Preferimos nos trancar no guarda-roupa com uma arma."

"Ah, que bobagem."

Lavinia escutou a porta das velhas senhoras bater e trancar-se, e continuou a se afastar, sentindo o bafo quente da noite de verão em ondas tremulantes por sobre as calçadas tostadas. Era como andar sobre uma crosta dura de pão recém-assado. O calor pulsava sob os vestidos, ao longo das pernas, com uma sensação de invasão furtiva e não de todo desagradável.

"Lavinia, você não acredita no que dizem do Solitário, acredita?"

"Essas mulheres gostam de ver as próprias línguas dançando."

"Mas Hattie McDollis foi morta dois meses atrás, Roberta Ferry um mês antes, e agora Elizabeth Ramsell desapareceu..."

"Hattie McDollis era uma doidivanas. Aposto que fugiu com algum viajante."

"Mas as outras, todas elas, estranguladas, as línguas para fora da boca, dizem."

Elas estavam de pé na beira da ravina que corta a cidade ao meio. Atrás delas, estavam as casas de luzes acesas e música; à frente havia profundeza, umidade, vaga-lumes e escuridão.

"Talvez não devêssemos ir ao cinema esta noite", disse Francine. "O Solitário pode nos seguir e nos matar; eu não gosto dessa ravina. Olhe só, olhe!"

Lavinia olhou, e a ravina era um dínamo que nunca parava de funcionar, dia e noite; havia um grande zumbido incessante, um constante zunido e murmúrio de criaturas, insetos e vida vegetal. Cheirava a estufa, vapores secretos e areias movediças. E sempre o dínamo negro zumbindo, com fagulhas, como uma forte corrente elétrica, onde pirilampos se moviam no ar.

"Não serei eu voltando por esta velha ravina, tarde da noite, tão tarde assim; será você, Lavinia, você descendo as escadas e atravessando a ponte, e talvez o Solitário ali."

"Bobagem!", disse Lavinia Nebbs.

"Será você sozinha pelo caminho, escutando seus sapatos, não eu. Você totalmente só no caminho de volta para casa. Lavinia, não sente solidão morando naquela casa?"

"Solteironas adoram morar sozinhas." Lavinia apontou para o caminho sombreado e quente que descia escuridão adentro. "Vamos pegar o atalho."

"Estou com medo!"

"É cedo. O Solitário só sai mais tarde."

Lavinia pegou a outra pelo braço e levou-a pelo caminho tortuoso para dentro da quentura de grilos e sons de sapos e silêncio delicado como mosquitos. Elas roçaram a grama chamuscada de verão, carrapichos arranhando seus calcanhares expostos.

"Vamos correr!", ofegou Francine.

"Não!"

Elas viraram uma curva no caminho... e lá estava.

Na profunda noite murmurante, à sombra das árvores cálidas, como se tivesse se deitado ao ar livre para apreciar as pálidas estrelas e o vento brando, as mãos de cada lado como os remos de uma delicada embarcação, jazia Elizabeth Ramsell!

Francine gritou.

"Não grite!", Lavinia estendeu as mãos para segurar Francine, que estava choramingando e engasgando. "Pare! Pare!"

A mulher estava deitada como se flutuasse ali, o rosto iluminado pela lua, os olhos arregalados e vidrados, a língua esticada para fora da boca.

"Ela está morta!", disse Francine. "Ai, ela está morta, morta! Ela está morta!"

Lavinia estava no meio de milhares de sombras quentes, com os grilos estrilando e os sapos coaxando alto.

"É melhor chamar a polícia", ela disse, finalmente.

***

"Me abrace, Lavinia, me abrace, estou com frio, ai, eu nunca senti tanto frio em toda a minha vida!"

Lavinia abraçou Francine, e os policiais abriam caminho pelo capim crepitante, fachos de lanternas se moviam em todas as direções, vozes se misturavam, e a noite avançava rumo às oito e meia.

"Parece dezembro. Preciso de um agasalho", disse Francine, olhos fechados, agarrada a Lavinia.

O policial disse: "Acho que já podem ir, senhoras. Terão de passar na delegacia amanhã para responder a mais algumas perguntas".

Lavinia e Francine se afastaram da polícia e do lençol sobre aquela coisa delicada em cima da grama da ravina.

Lavinia sentia o coração bater alto dentro do peito e também ela estava com frio, um frio de fevereiro; havia flocos de uma neve repentina por todo o seu corpo, e a lua branqueava ainda mais seus dedos enrijecidos, e ela se lembrou de ter conversado sozinha com os policiais, enquanto Francine não parava de soluçar agarrada a ela. Uma voz perguntou de longe:

"Querem que alguém as acompanhe, senhoras?".

"Não, nós damos conta", disse Lavinia a ninguém, e continuaram andando.

Passaram pela acariciante e murmurosa ravina, a ravina de sussurros e estalidos, o pequeno mundo da investigação diminuindo de tamanho atrás delas, com suas luzes e vozes.

"Nunca vi ninguém morto antes", disse Francine.

Lavinia examinou o relógio como se estivesse a mil quilômetros de distância, em um braço e pulso impossivelmente distantes.

"São apenas oito e meia. Vamos pegar Helen e ir para o cinema."

"O cinema!", disse Francine abruptamente.

"É do que precisamos. Temos de esquecer isso. Se formos para casa agora, lembraremos. Não é bom lembrar. Vamos ao cinema como se nada tivesse acontecido."

"Lavinia, você não fala sério!"

"Nunca falei tão sério em minha vida. Agora precisamos rir e esquecer."

"Mas Elizabeth está lá atrás — sua amiga, minha amiga."

"Não podemos ajudá-la; só podemos nos ajudar. Venha."

Elas começaram a subir a encosta da ravina, pelo caminho de pedras, no escuro. E de repente, ali, barrando a passagem, muito imóvel, parado no mesmo lugar, sem vê-las, mas olhando para baixo, para as luzes em movimento e o corpo, e escutando as vozes dos policiais, estava Douglas Spaulding. Ele estava plantado ali, branco como um cogumelo, as mãos de lado, olhando fixo para o interior da ravina.

"Vá para casa!", gritou Francine.

Ele não ouviu.

"Você aí!", berrou Francine. "Vá para casa, saia daqui, ouviu? Vá para casa, vá para casa, vá para *casa*!"

Douglas virou bruscamente a cabeça, olhou para elas como se não estivessem ali. Sua boca se mexeu. Ele deu um gemido. Então, girou rapidamente e correu. Corria em silêncio, subindo as colinas distantes, penetrando a tépida escuridão.

Francine chorava e soluçava e, de novo, chorava e soluçava e, ao mesmo tempo, continuava a caminhar com Lavinia Nebbs.

***

"Aí estão vocês! Pensei que as senhoras nunca viriam!", disse Helen Greer, batendo o pé no degrau da escada de sua varanda. "Vocês só estão uma hora atrasadas, só isso. O que aconteceu?"

"Nós...", Francine começou.

Lavinia apertou com força o braço dela.

"Houve uma confusão. Alguém encontrou Elizabeth Ramsell na ravina."

"Morta? Ela estava... morta?"

Lavinia assentiu. Helen ofegou e levou a mão à garganta.

"Quem a encontrou?"

Lavinia segurou firmemente o pulso de Francine.

"Não sabemos."

As três jovens, ali, na noite de verão, entreolharam-se.

"Preciso ir para casa e trancar as portas", disse Helen, finalmente.

Por fim, ela foi pegar uma blusa de frio, pois, embora ainda estivesse quente, também reclamou da súbita noite de inverno. Enquanto Helen estava ausente, Francine sussurrou freneticamente:

"Por que você não *contou* a ela?".

"Para que afligi-la?", disse Lavinia. "Amanhã. Amanhã haverá bastante tempo."

As três mulheres caminharam pela rua sob as árvores escuras, passando por casas que eram subitamente trancadas. Com que rapidez a notícia havia se espalhado para fora da ravina, casa a casa, varanda a varanda, telefone a telefone. Agora, ao passar, as três mulheres sentiam que olhos as fitavam através das cortinas das janelas, enquanto trancas eram fechadas com estrépito. Que estranha a noite de sorvete no palito, a noite de baunilha, a noite de sorvete cremoso em potes, de pulsos untados de loção contra mosquitos, a noite de crianças correndo, agora repentinamente puxadas para longe de suas brincadeiras e isoladas atrás de vidros, atrás de madeira, os sorvetes derretendo-se em poças de lima e morango, caídos nos lugares de onde as crianças foram arrebatadas e levadas para dentro de casa. Estranhos os cômodos quentes com gente suada, muito apertada no fundo deles, atrás de maçanetas e aldravas de bronze. Tacos e bolas de beisebol jazem sobre gramados sem marcas de pés. O traçado a giz inacabado de um jogo de amarelinha sobre o chão quente e cozido da calçada. Era como se, instantes antes, alguém houvesse previsto frio glacial.

"Somos loucas de ficar fora de casa em uma noite assim", disse Helen.

"O Solitário não irá matar três moças", disse Lavinia. "Grupos dão segurança. E, além disso, é muito cedo. Os assassinatos sempre acontecem a intervalos de um mês."

Uma sombra atravessou seus rostos aterrorizados. Um vulto assomou por detrás de uma árvore. Como se alguém tivesse desferido um golpe terrível sobre um órgão, com o punho, as três mulheres gritaram em três diferentes tons estridentes.

"Peguei vocês!", uma voz retumbou.

O homem saltou na direção delas. Apareceu na claridade, rindo. Apoiou-se em uma árvore, apontando frouxamente para as moças, novamente rindo.

"Olhem! Sou o Solitário!", disse Frank Dillon.

"Frank Dillon!"

"Frank!"

"Frank", disse Lavinia, "se você fizer uma criancice dessas de novo, tomara que lhe encham de tiros!"

"Isso não é coisa que se faça!"

Francine começou a rir histericamente.

Frank Dillon parou de sorrir.

"Me desculpem."

"Vá embora!", disse Lavinia. "Não soube de Elizabeth Ramsell?

— foi encontrada morta na ravina. E você andando por aí, assustando mulheres! Não fale mais com a gente."

"Ah, então..."

Elas começaram a se afastar. Ele fez menção de segui-las.

"Fique bem aqui, senhor Solitário, e fique dando sustos em si mesmo. Vá dar uma olhada no rosto de Elizabeth Ramsell e veja se é engraçado. Boa noite!"

Lavinia levou as outras duas pela rua cheia de árvores e estrelas; Francine segurava um lenço contra o rosto.

"Francine, foi só uma brincadeira", disse Helen, voltando-se para Lavinia. "Por que ela está chorando tanto?"

"Nós lhe contaremos quando chegarmos à cidade. Vamos ao cinema, não importa o que aconteça! Para mim chega! Venham já, peguem seu dinheiro, estamos quase lá!"

***

A botica era uma pequena poça de ar parado em que os grandes ventiladores de madeira movimentavam ondas olorosas de arnica e tônicos e refrigerante em direção às ruas calçadas de tijolos.

"Preciso de um tostão de balas de hortelã", disse Lavinia ao boticário. O rosto dele era pálido, de feições duras, como todos os rostos que elas haviam visto nas ruas semivazias. "Para comermos no cinema", disse Lavinia, enquanto o boticário pesava um tostão da guloseima verde, usando uma concha de prata.

"As senhoritas estão mesmo bonitas esta noite. A senhorita Lavinia parecia bem-disposta essa tarde, quando entrou para tomar um chocolate batido. Tão bem-disposta e simpática que alguém indagou sobre a senhora."

"É?"

"Um homem sentado junto ao balcão... Observou-a sair e me perguntou: 'Quem é aquela?'. Ora, aquela é Lavinia Nebbs, a moça solteira mais bonita da cidade, eu disse. 'É linda', ele disse. 'Onde ela mora?'."

Nesse momento, o boticário fez uma pausa, desconfortável.

"O senhor não fez isso!", disse Francine. "O senhor não lhe deu o endereço dela, espero. Não deu!"

"Acho que não pensei direito. Eu disse: 'Ah, lá em Park Street, sabe, perto da ravina'. Um comentário casual. Mas agora, à noite, depois que encontraram o corpo, segundo me contaram um minuto atrás, pensei: 'Meu Deus, o que fiz!'"

Ele entregou o embrulho, cheio demais.

"Seu tolo!", gritou Francine, e lágrimas encheram seus olhos.

"Desculpe. Mas talvez não seja nada."

Lavinia estava ali com as três pessoas olhando para ela, olhando fixamente para ela. Não sentia nada. Exceto, talvez, um ligeiro formigamento de excitação na garganta. Ela entregou o dinheiro, automaticamente.

"As balas são de graça", disse o boticário, virando-se para folhear alguns papéis.

"Bom, sei o que vou fazer neste mesmo instante!", Helen saiu da botica a passos largos. "Vou chamar um táxi para nos levar para casa. Não farei parte de nenhum grupo de busca por você, Lavinia. Aquele homem não tinha boas intenções. Perguntando sobre você. Você quer ser a próxima a ser morta na ravina?"

"Era só um homem", disse Lavinia, virando-se em um lento círculo para olhar a cidade.

"Frank Dillon também é um homem, mas talvez ele seja o Solitário."

Notaram que Francine não havia saído da loja junto com elas e, ao se voltarem, viram-na chegando.

"Eu fiz com que ele me desse uma descrição... o boticário. Que ele me contasse como era o homem. Um estranho", ela disse, "de terno escuro. Meio pálido e magro."

"Estamos todas exaustas", disse Lavinia. "Eu simplesmente não vou pegar um táxi se você conseguir um. Se sou a próxima vítima, assim seja. Há tão pouca excitação na vida, especialmente para uma mulher solteira de trinta e três anos, então não se importem se eu aproveitá-la. De qualquer forma, é tolice. Não sou bonita."

"Ah, você é sim, Lavinia; você é a moça mais adorável da cidade, agora que Elizabeth está..." Francine parou. "Você mantém os homens à distância. Se pelo menos relaxasse, teria se casado alguns anos atrás!"

"Pare de choramingar, Francine! Chegamos à bilheteria, estou pagando quarenta e um centavos para ver Charlie Chaplin. Se vocês duas quiserem um táxi, vão em frente. Vou me sentar sozinha e voltar para casa sozinha."

"Lavinia, você está louca; não podemos deixar que você faça isso."

Elas entraram no cinema.

A primeira sessão tinha terminado, era hora do intervalo, e o auditório mal iluminado estava esparsamente ocupado. As três moças sentaram-se na fileira do meio, envolvidas pelo cheiro de polidor de metal antigo, e observaram o gerente passar através das gastas cortinas vermelhas para dar um aviso.

"A polícia nos pediu que fechássemos mais cedo esta noite, para que todos pudessem ir embora em um horário decente. Por isso, vamos deixar de mostrar os filmes curtos e exibir imediatamente o de longa-metragem. A sessão terminará às onze. Aconselhamos a todos irem direto para casa. Não se demorem nas ruas."

"Isso quer dizer nós, Lavinia!", cochichou Francine.

As luzes se apagaram. A tela saltou à vida.

"Lavinia", sussurrou Helen.

"O quê?"

"Quando chegamos, um homem de terno escuro, do outro lado da rua, atravessou. Ele desceu pelo auditório e está sentado na fileira atrás de nós."

"Ah, Helen!"

"Bem atrás de nós?"

Uma a uma, as três mulheres se voltaram para olhar.

Viram um rosto branco ali, tremeluzindo na claridade perversa da tela prateada. Parecia que os rostos de todos os homens flutuavam ali no escuro.

"Vou chamar o gerente!" Helen subiu pelo corredor. "Parem o filme! Acendam a luz!"

"Helen, volte aqui!", gritou Lavinia, levantando-se.

***

Elas baixaram seus copos de refresco, cada uma exibindo um bigodinho de baunilha sobre o lábio superior, que, rindo, buscaram com as línguas.

"Veem que tolice?", disse Lavinia. "Todo esse alvoroço por nada. Que constrangedor."

"Me desculpem", disse Helen, com a voz sumida.

O relógio marcava onze e meia. Elas haviam saído do cinema escuro, para longe da onda agitada de homens e mulheres saindo apressados pela rua, rumo a toda parte, a parte alguma, enquanto riam-se de Helen. Helen estava tentando rir de si mesma.

"Helen, quando você subiu correndo aquele corredor, gritando: 'Acendam as luzes!', achei que eu ia *morrer*! Aquele *pobre* homem!"

"O irmão do gerente do cinema de Racine!"

"Eu me desculpei", disse Helen, olhando para cima, para o grande ventilador ainda girando, girando o ar morno da noite alta, mexendo, remexendo os odores de baunilha, framboesa, hortelã e desinfetante bucal.

"Não devíamos ter parado para beber estes refrescos. A polícia aconselhou..."

"Ah, bobagem da polícia", riu Lavinia. "Não tenho medo de nada. O Solitário está a quilômetros de distância agora. Ele não voltará durante semanas, e a polícia vai pegá-lo, esperem só. O filme não foi maravilhoso?"

"Estamos fechando, moças." O boticário apagou as luzes no frio silêncio de azulejos brancos.

Lá fora, as ruas ficavam desertas, esvaziando-se de carros e caminhões e gente. Luzes brilhantes ainda incandesciam nas vitrines da pequena loja, onde mornos manequins levantavam mãos de cera rosadas, flamejando com anéis de diamante branco-azulados, ou pernas de cera alaranjadas e ornadas, revelando longas meias de seda. Os olhos de vidro azul dos manequins observaram as moças se afastarem, descendo a rua vazia, suas imagens tremeluzindo nas janelas como botões de flor vistos através de escuras águas correntes.

"Você acha que se gritarmos eles farão alguma coisa?"

"Quem?"

"Os manequins, as pessoas na vitrine."

"Ah, Francine."

"Ora..."

Havia mil pessoas nas vitrines, rígidas e silentes, e três pessoas na rua, os ecos seguindo-as como tiros vindos das fachadas das lojas, de um lado a outro do caminho, quando elas batiam os saltos no pavimento tostado.

Uma placa de neon vermelho luzia fracamente, zumbindo como um inseto moribundo, à passagem delas.

Ressequidas e brancas, as longas avenidas se estendiam à frente. Balouçantes e altas, sob um vento que tocava apenas suas copas frondosas, as árvores ladeavam as três pequenas mulheres. Vistas do alto do tribunal, elas pareciam três cardos bem ao longe.

"Primeiro, vamos levá-la até sua casa, Francine."

"Não, eu levo *vocês* em casa."

"Não seja boba. Você mora longe, em Electric Park. Se você me levasse até minha casa, teria de voltar sozinha pela ravina. E se uma simples folha caísse em você, você estaria morta."

Francine disse:

"Posso passar a noite na sua casa. Você é que é a *bonita*!"

E então elas caminharam, afastaram-se como três vultos em roupas domingueiras por sobre um mar enluarado de gramado e concreto, Lavinia observando as árvores escuras que adejavam de um lado e de outro, ouvindo as vozes das amigas cochichando, tentando rir; e a noite parecia se apressar, elas pareciam correr, enquanto andavam devagar, tudo parecia apressado e com cor de neve quente.

"Vamos cantar", disse Lavinia.

Elas cantavam:

"*Brilha, brilha, lua cheia...*"

Elas cantavam doce e tranquilamente, de braços dados, sem olhar para trás. Sentiam a calçada quente arrefecendo sob seus pés, movendo-se, movendo-se.

"Escutem!", disse Lavinia.

Elas escutaram a noite. Os grilos da noite de verão e o som distante do relógio do tribunal marcando onze e quarenta e cinco.

"*Escutem!*"

Lavinia escutou. Em uma das varandas, o balanço rangia no escuro e nele estava o sr. Terle, sem falar nada com ninguém, sozinho, fumando um último charuto. Elas viram a brasa rosada balouçando gentilmente para cá e para lá.

Agora as luzes estavam sumindo, sumindo, sumiram. *As luzes das pequenas casas, as luzes das grandes casas e as luzes amarelas e as luzes verdes de alerta de furacão, as velas e lampiões a óleo e as luzes das varandas e tudo o mais foi trancado em latão e ferro e aço, tudo,* pensou Lavinia, *está fechado e trancado e embrulhado e coberto.*

Ela imaginou as pessoas em suas camas iluminadas pelo luar. E a respiração delas nos quartos da noite de verão, seguras e juntinhas. *E aqui estamos*, Lavinia pensou, *nossos passos ao longo da calçada ressequida da noite de verão. E acima de nós as lâmpadas da rua solitária despejando sua luz, lançando uma sombra bêbada.*

"Chegamos, Francine. Boa noite."

"Lavinia, Helen, fiquem aqui esta noite. É tarde, quase meia-noite agora. Vocês podem dormir na sala de estar. Vou fazer chocolate quente — vai ser bem divertido!" Francine abraçava fortemente as duas.

"Não, obrigada", disse Lavinia.

E Francine começou a chorar.

"Ah, não de novo, Francine", disse Lavinia.

"Eu não quero que você morra", soluçou Francine, as lágrimas escorrendo pelo rosto. "Você é tão querida e boa, eu a quero viva. Por favor, ah, por favor!"

"Francine, eu não sabia que isso havia afetado tanto você. Prometo que telefono quando chegar em casa."

"Telefona mesmo?"

"E aviso que cheguei bem, sim. E amanhã faremos um piquenique em Electric Park. Com sanduíches de presunto que eu mesma farei, que tal? Você vai ver, vou viver para sempre!"

"Você telefona, então?"

"Prometi, não prometi?"

"Boa noite, boa noite!" Correndo escada acima, entrou depressa por uma porta, que bateu e foi trancada rapidamente na mesma hora.

"Agora", disse Lavinia a Helen, "eu a levarei até sua casa."

***

O relógio do tribunal bateu a hora. Os sons percorreram uma cidade que estava vazia, mais do que jamais estivera. Pelas ruas vazias e lotes vazios e gramados vazios, o som foi enfraquecendo.

"Nove, dez, onze, doze", Lavinia contou, com Helen pelo braço.

"Você não se sente estranha?", perguntou Helen.

"Como assim?"

"Quando penso na gente, fora de casa, aqui na calçada, debaixo das árvores, e em todas aquelas pessoas seguras, atrás de portas trancadas, deitadas em suas camas. Somos praticamente as únicas pessoas andando ao ar livre no raio de mil quilômetros, aposto."

O som da ravina, cálida, profunda e escura se aproximava.

Em um minuto, elas estavam diante da casa de Helen, olhando uma para a outra durante um longo tempo. O vento soprava o cheiro da grama cortada por entre elas. A lua estava se afundando em um céu que começava a nublar.

"Acho que não vai adiantar muito pedir a você que fique, Lavinia."

"Estou indo embora."

"Algumas vezes..."

"Algumas vezes o quê?"

"Algumas vezes acho que as pessoas *querem* morrer. Você agiu estranhamente a noite toda."

"Eu só não estou com medo", disse Lavinia. "E estou curiosa, suponho. E estou usando a cabeça. Logicamente, o Solitário não deve estar por perto. A polícia e tudo o mais."

"A polícia está em casa com as cobertas até as orelhas."

"Digamos apenas que estou me divertindo, precariamente, mas com segurança. Se houvesse alguma chance verdadeira de algo me acontecer, eu ficaria aqui com você, pode ter certeza disso."

"Talvez uma parte de você não queira mais viver."

"Você e Francine. Francamente!"

"Eu me sinto tão culpada. Estarei tomando chocolate quente no momento em que você chegar ao fundo da ravina e caminhar rumo à ponte."

"Beba uma xícara por mim. Boa noite."

Lavinia Nebbs desceu sozinha a rua à meia-noite, atravessando o silêncio da noite alta de verão. Ela via casas com janelas escuras e, ao longe, ouvia um cão latindo. *Em cinco minutos*, ela pensava, *estarei segura dentro de casa. Em cinco minutos, estarei telefonando para a bobinha da Francine. Estarei...*

Ela ouviu a voz do homem.

A voz de um homem cantando ao longe, entre as árvores.

"Ó, dê-me uma noite de junho, o luar e você..."

Ela apressou um pouco mais o passo.

A voz cantava:

"Em meus braços... com todos os seus encantos..."

Descendo a rua, à fraca luz do luar, um homem caminhava lenta e casualmente.

Posso correr e bater em uma destas portas, pensou Lavinia, *se precisar.*

"Ó, dê-me uma noite de junho", cantava o homem. Ele carregava um longo bastão em uma das mãos. *"O luar e você.* Ora, veja só quem está aqui! Que hora da noite para estar fora de casa, senhorita Nebbs!"

"Policial Kennedy!"

E então era ele, é claro.

"Acho melhor acompanhá-la até sua casa!"

"Não, obrigada. Eu consigo chegar lá."

"Mas a senhorita mora do outro lado da ravina..."

Sim, ela pensou, *mas não vou atravessar a ravina com homem nenhum, nem mesmo com um policial. Como vou saber que não é o Solitário?*

"Não", ela disse. "Vou me apressar."

"Eu esperarei bem aqui", ele disse. "Se a senhorita precisar de ajuda, dê um grito. As vozes chegam bem até aqui. Eu irei correndo."

"Obrigada."

Ela seguiu caminho, deixando-o sob uma lâmpada, cantarolando sozinho.

Aqui estou, ela pensou.

A ravina.

Ela estava prestes a dar o primeiro dos cento e treze passos para descer a ribanceira íngreme, atravessar sete metros de ponte e subir a ladeira que levava a Park Street. E apenas um lampião a iluminar. *Daqui a três minutos*, ela pensou, *estarei enfiando a chave na porta de minha casa. Nada pode acontecer em apenas cento e oitenta segundos.*

Começou a descer os longos degraus verde-escuros rumo ao fundo da ravina.

"Um, dois, três, quatro, cinco, seis, sete, oito, nove, dez degraus", contava, sussurrando.

Sentia que estava correndo, mas não estava correndo.

"Quinze, dezesseis, dezessete, dezoito, dezenove, vinte degraus", ela ofegava. "Um quinto do caminho!", anunciou para si mesma.

A ravina era profunda, negra, negra! E o mundo ficava para trás, o mundo de gente em segurança na cama, as portas trancadas, a cidade, a botica, o cinema, as luzes, tudo se fora. Apenas a ravina existia e vivia, negra e imensa, ao redor dela.

"Não aconteceu nada, aconteceu? Não há ninguém por aqui, há? Vinte e quatro, vinte e cinco degraus. Lembra-se daquela velha história de fantasmas que vocês contavam umas às outras quando crianças?"

Ela ouvia os próprios sapatos nos degraus.

"A história sobre o homem moreno chegando a sua casa e você lá em cima, na cama. E agora ele está no primeiro degrau, subindo para seu quarto. E agora ele está no segundo degrau. E agora ele está no terceiro degrau e no quarto degrau e no quinto! Ah, como vocês costumavam rir e gritar com aquela história! E agora o pavoroso homem moreno está no décimo segundo degrau e está abrindo a porta de seu quarto e agora está de pé ao lado de sua cama. 'PEGUEI VOCÊ!'"

Ela gritou. Era diferente de tudo que já ouvira, aquele grito. Nunca havia gritado tão alto assim na vida. Parou, ficou paralisada, agarrada ao corrimão de madeira. O coração explodia dentro dela. O som do coração batendo aterrorizado enchia o universo.

"Ali, *ali*!", ela gritava para si. "Ao pé da escada. Um homem, sob a luz! Não, agora ele se foi! Ele estava *esperando* ali!"

Ela ficou escutando.

Silêncio.

A ponte estava deserta.

Nada, ela pensou, segurando o coração. *Nada. Boba! Aquela história que contei para mim mesma. Que tolice. O que devo fazer?*

As batidas de seu coração diminuíram.

Devo chamar o policial — ele me ouviu gritar?

Ela escutou. Nada. Nada.

Vou andar o resto do caminho. Aquela história boba.

Começou de novo, contando os passos.

"Trinta e cinco, trinta e seis, cuidado, não caia. Ah, como sou idiota. Trinta e sete passos, trinta e oito, e nove e quarenta, mais dois são quarenta e dois — quase metade do caminho."

Imobilizou-se novamente.

"Espere", disse a si mesma.

Deu um passo. Houve um eco.

Deu outro passo.

Outro eco. Mais um passo, apenas uma fração de instante depois.

"Alguém está me seguindo", ela sussurrou para a ravina, para os grilos pretos e sapos verde-escuros escondidos e o córrego negro. "Há alguém nos degraus atrás de mim. Não ouso me virar."

Mais um passo, mais um eco.

"Toda vez que dou um passo, dão outro."

Um passo e um eco.

Com a voz sumida, ela perguntou à ravina:

"Policial Kennedy, é o senhor?"

Os grilos ficaram em silêncio.

Os grilos estavam escutando. A noite a estava escutando. Para variar, na noite de verão, os prados distantes e as árvores próximas entravam todos em animação suspensa; folha, moita, estrela e lâmina de grama cessaram seus tremores típicos e escutavam o coração de Lavinia Nebbs. E a mil quilômetros de distância, do outro lado de uma terra desolada, em uma estação ferroviária deserta, um único viajante, lendo um jornal apagado sob o bulbo exposto de uma lâmpada, talvez levante a cabeça, escute e pense: *O que é isso?* E decida: *É só uma marmota, com certeza, batendo em um tronco oco.* Mas era Lavinia Nebbs, era com toda a certeza o coração de Lavinia Nebbs.

Silêncio. Um silêncio de noite de verão que se estendia por mil quilômetros, que cobria a terra como um oceano branco e umbroso.

Mais depressa, mais depressa!

Ela descia os degraus.

Corra!

Ela escutou a música. De um jeito louco, de um jeito tolo, ela escutou a grande onda de música que a assaltava, e percebeu, enquanto corria, enquanto corria em pânico e terror, que alguma parte de sua mente estava dramatizando, tomando emprestada a trilha musical turbulenta de algum drama particular, e agora a música a apressava e empurrava, cada vez mais alta, mais rápida, mais rápida, despencando e correndo rumo ao coração da ravina.

"Só mais um pouco, ela rezava. Cento e oito, e nove, cento e dez degraus! O fundo! Agora, corra! Atravesse a ponte!"

Ela disse às próprias pernas o que fazer, seus braços, seu corpo, seu terror; avisou a todas as partes de si mesma naquele momento branco e terrível; sobre as águas turbulentas do córrego, nas tábuas da ponte, ocas, trepidantes, oscilantes, flexíveis, quase vivas, ela correu, seguida pelos passos desordenados atrás, atrás dela, com a música a seguindo também, a música estridente e ininteligível.

"Ele está aí atrás, não se vire, não olhe, se você o vir, não conseguirá se mover, ficará muito assustada. Apenas corra, corra!"

Atravessou correndo a ponte.

"Ó, Deus, Deus, por favor, por favor, me deixe subir! Agora ladeira acima, agora entre as colinas, ó, Deus, está escuro e tudo está tão longe. Se eu gritar agora não adiantará; de qualquer modo, não consigo gritar. Aqui é o topo do caminho, aqui é a rua, ó, Deus, por favor, me deixe em segurança, se eu chegar em casa sã e salva, nunca mais saio sozinha; fui uma tola, eu admito, fui uma tola, não sabia o que era terror, mas, se o Senhor me deixar chegar em casa depois disso, nunca mais saio sem Helen ou Francine! Aqui é a rua. Atravesse a rua!"

Atravessou a rua e correu para a calçada.

"Ó, Deus, a varanda! Minha casa! Ó, Deus, por favor, me dê tempo de entrar e trancar a porta e eu estarei em segurança."

E ali — coisa tola de reparar... por que será que ela reparou, instantaneamente, não há tempo, não há tempo... mas ali estava... de qualquer forma, ao passar correndo —, no balaústre da varanda, o copo de limonada pela metade que ela havia abandonado há muito tempo, um ano, meia noite atrás! O copo de limonada jazendo, calmamente, imperturbável, ali sobre o balaústre... e...

Ela ouviu os próprios pés desajeitados pisarem a varanda e ouviu e sentiu as mãos investindo contra a fechadura e golpeando-a com a chave. Ouviu o próprio coração. Ouviu sua voz interior gritando.

A chave entrou.

"Destranque a porta, depressa, depressa!"

A porta se abriu.

"Agora, entre. Bata com força!"

Ela bateu a porta.

"Agora tranque, bloqueie, tranque!", ela ofegava miseravelmente. "Tranque, tranque bem, bem!"

A porta foi bem trancada e aferrolhada.

A música parou. Ela voltou a escutar o próprio coração e seu som diminuindo até o silêncio.

"Em casa! Ah, Deus, salva e em casa! Salva, salva e salva dentro de casa!" Ela se escorou na porta. "Salva, salva. Escute. Nem um som. Salva, salva. Ah, graças a Deus, salva e em casa. Eu nunca mais saio à noite. Vou ficar em casa. Não atravessarei aquela ravina de novo, nunca mais. Salva, ah, salva, salva e em casa, tão bom, tão bom, salva! Segura aqui dentro, a porta trancada. Espere! Olhe pela janela."

Ela olhou.

"Mas não há ninguém lá! Ninguém. Não havia ninguém me seguindo. Ninguém correndo atrás de mim." Recuperou o fôlego e quase riu de si mesma. "É *claro* que se um homem *estivesse* me seguindo, ele teria me *pegado*! Não consigo correr muito... Não há ninguém na varanda, nem no quintal. Que bobagem. Eu estava fugindo à toa. Aquela ravina é tão segura quanto qualquer outro lugar. Não importa, é bom estar em casa. Nossa casa é de fato o lugar melhor e mais aconchegante, o único lugar onde estar."

Ela estendeu a mão na direção do interruptor de luz e parou.

"O quê?", ela perguntou. "O quê, o *quê*?"

Atrás dela, na sala de estar, alguém limpou a garganta.

O HOMEM ILUSTRADO

"EI, O HOMEM ILUSTRADO!"

Um megafone berrava, e o sr. William Philippus Phelps, braços cruzados, na plataforma, na noite de verão, com uma multidão olhando para ele.

Ele era uma civilização inteira. Na Terra Principal, seu tórax, viviam as Vastidões — dragões com mamilos no lugar de olhos, volteando sobre seu peito abundante, quase feminino. Seu umbigo era a boca de um monstro de olhos apertados — uma boca chupada, obscena, sem dentes como a de uma bruxa. E havia cavernas secretas em que as Escuridões espreitavam, suas axilas, que lentamente gotejavam humores subterrâneos, onde as Escuridões, olhos acesos de inveja, perscrutavam através de ramos de trepadeiras e parreiras dependuradas.

O sr. William Philippus Phelps olhava maldosamente para baixo, de sua esdrúxula plataforma, com mil olhos de pavão. Do outro lado da campina de serragem ele via a esposa, Lisabeth, ao longe, rasgando ingressos ao meio, olhando para as fivelas de prata dos cintos dos homens que passavam.

As mãos do sr. William Philippus Phelps eram rosas tatuadas. Ao ver o interesse da esposa, as rosas murcharam, como se à passagem da luz do sol.

Um ano antes, quando levou Lisabeth ao cartório de paz e a assistiu desenhar o nome à tinta, vagarosamente, sobre o formulário, a pele dele era pura e branca e limpa. Lançou um olhar para si mesmo em repentino horror.

Agora ele parecia uma grande tela pintada, sacudida pelo vento da noite! Como isso aconteceu? Onde tudo começou?

Havia começado com as brigas e depois a banha e depois os desenhos. Eles brigavam noites de verão adentro, ela como uma corneta metálica berrando com ele sem parar. E ele havia saído para comer cinco mil cachorros-quentes fumegantes, dez milhões de hambúrgueres e uma floresta de cebolas verdes, e para beber vastos mares de suco de laranja. Balas de hortelã formavam seus ossos de brontossauro, os hambúrgueres davam forma a sua carne balofa, e refrigerante de morango era bombeado para dentro e para fora das válvulas de seu coração, enjoativamente, até que ele pesasse mais de cento e trinta quilos.

"William Philippus Phelps", Lisabeth disse a ele no décimo primeiro mês do casamento, "você é burro e gordo."

Esse foi o dia em que o chefe do parque de diversões lhe deu bilhete azul.

"Lamento, Phelps. Você não serve para mim com toda essa pança."

"Não fui sempre seu melhor montador de tendas, chefe?"

"Foi. Não é mais. Agora você fica sentado. Não trabalha."

"Deixe-me ser seu Homem Gordo."

"Eu tenho um Homem Gordo. Um centavo a dúzia." O chefe o olhou de cima a baixo. "Mas vou lhe contar uma coisa. Não temos um Homem Tatuado desde que Gallery Smith morreu no ano passado..."

Isso havia acontecido um mês antes. Quatro curtas semanas. Ele havia ouvido falar de uma tatuadora bem longe, no interior do Wisconsin, uma velha, disseram, que conhecia o ofício. Se ele pegasse a estrada de terra e virasse à direita no rio e depois à esquerda...

Ele havia cortado uma campina amarela, queimada de sol. Flores vermelhas balouçavam e se curvavam ao vento enquanto ele caminhava, e ele chegou à velha tapera, que parecia ter enfrentado um milhão de chuvas.

Passando a porta, chegava-se a uma sala vazia e silenciosa e, no centro da sala vazia, estava uma mulher idosa.

Seus olhos estavam costurados com fio resinado vermelho. O nariz estava selado com barbante preto encerado. As orelhas estavam também cozidas, como se uma libélula fina feito agulha tivesse costurado todos os seus sentidos. Ela estava sentada, imóvel, na sala deserta.

A poeira se assentara como farinha amarela por toda parte, não marcada por pegadas, havia muitas semanas; se ela tivesse se movimentado, seria visível, mas ela não havia se mexido. Suas mãos se tocavam como instrumentos delgados, enferrujados. Seus pés estavam descalços, repulsivos como galochas e, perto deles, havia frascos de tinta de tatuagem — vermelho, azul-elétrico, marrom, amarelo. Ela era uma coisa costurada com pontos apertados em sussurros e silêncio.

Somente a boca se mexia, descosturada:

"Aproxime-se. Sente-se. Estou solitária aqui."

Ele não obedeceu.

"O senhor veio por causa dos desenhos", ela disse elevando a voz. "Tenho um desenho para lhe mostrar primeiro."

Ela bateu um dedo cego contra a palma da mão estendida.

"Veja!", gritou.

Era um retrato tatuado de William Philippus Phelps.

"Eu!", ele disse.

O grito dela fez com que ele parasse à porta.

"Não corra."

Ele se segurou no portal, de costas para ela.

"Sou eu, sou eu em sua mão!"

"Está aqui há cinquenta anos." Ela ficou acariciando o desenho, como se fosse um gato.

Ele se virou.

"É uma *velha* tatuagem."

Ele se aproximou devagar. Chegou perto e se inclinou para olhar. Esticou um dedo trêmulo e tocou o desenho.

"Velha. Isso é impossível! A senhora não *me* conhece. Eu não *a* conheço. Seus olhos fechados costurados."

"Eu esperava pelo senhor", ela disse. "E muita gente." Dispôs os braços e as pernas, como as pernas de uma cadeira antiga. "Tenho em mim desenhos de pessoas que já vieram aqui me ver. E há outros de outras pessoas que virão nos próximos cem anos. E o senhor, o senhor veio."

"Como sabe que sou eu? Não consegue enxergar!"

"O senhor me dá a mesma *sensação* que os leões, os elefantes e os tigres para mim. Desabotoe a camisa. O senhor precisa de mim. Não tenha medo. Minhas agulhas são tão limpas quanto dedos de médicos. Quando eu tiver terminado de ilustrá-lo, esperarei que mais alguém saia por aí e me encontre. E algum dia, cem verões a partir de agora, talvez, eu simplesmente irei me deitar na floresta sob alguns cogumelos brancos e, na primavera, não encontrarão nada além de uma pequenina centáurea-azul..."

Ele começou a desabotoar os punhos.

"Conheço o Passado Profundo e o Claro Presente e o Futuro Ainda Mais Profundo", ela sussurrou, os olhos enlaçados em cegueira, o rosto levantado em direção ao homem não visto. "Está na minha carne. Eu o pintarei na sua também. O senhor será o único *verdadeiro* Homem Ilustrado do universo. Eu lhe darei desenhos especiais que o senhor jamais esquecerá. Desenhos do Futuro em sua pele."

Ela o espetou com a agulha.

***

Ele voltou correndo ao parque de diversões naquela noite, inebriado de terror e júbilo. Ah, como a velha bruxa da poeira o havia enchido de desenho e cor. Ao final de uma longa tarde sendo picado por uma cobra prateada, seu corpo ganhou vida com os desenhos. Parecia que ele havia caído e sido esmagado entre os rolos de aço de uma prensa gráfica e saído como uma incrível rotogravura. Vestia uma roupa com gigantes e dinossauros escarlates.

"Olhe!", gritou para Lisabeth.

Ela levantou os olhos de sua penteadeira quando ele arrancou a camisa. À luz do bulbo da lâmpada de seu reboque, ele estufava o peito inacreditável. Ali, as Trementes, meio donzelas, meio cabras, saltavam quando seus bíceps eram flexionados. Aqui, a Terra das Almas Perdidas, nas dobras de seu queixo. Nas muitas dobras adiposas em sanfona estavam numerosos escorpiõezinhos, besouros e camundongos esmagados, espremidos, escondidos, aparecendo e desaparecendo rapidamente quando ele levantava ou abaixava o queixo.

"Santo Deus", disse Lisabeth. "Meu marido é uma aberração."

Ela saiu correndo do reboque, deixando-o sozinho, fazendo pose diante do espelho. Por que ele havia feito aquilo? Para conseguir um emprego, sim, mas, acima de tudo, para cobrir a gordura que se acumulara absurdamente sobre seus ossos, para esconder a gordura sob uma camada de cor e fantasia, para escondê-la de sua mulher, mas, sobretudo, de si mesmo.

Ele pensou nas últimas palavras da velha. Ela havia feito nele duas tatuagens *especiais*, que não deixou que ele visse, uma no peito e outra nas costas. Ela cobriu cada uma delas com atadura e esparadrapo.

"O senhor não deve olhar para estas duas", ela havia dito.

"Por quê?"

"Mais tarde, o senhor poderá olhar. O Futuro está nestes desenhos. O senhor não pode olhar agora ou irá estragá-los. Eles ainda não estão terminados. Coloquei tinta em sua pele, e o seu suor forma o resto do desenho, o Futuro — seu suor e seu pensamento." Sua boca vazia sorriu. "No próximo sábado à noite, o senhor pode anunciar! A Grande Revelação! Venham ver o Homem Ilustrado revelar seu desenho! O senhor pode ganhar dinheiro assim. Pode cobrar entrada para a Revelação, como uma galeria de arte. Diga a eles que o senhor tem um desenho que nem mesmo *o senhor* viu, que *ninguém* viu ainda. O quadro mais raro jamais pintado. Quase vivo. E ele prediz o Futuro. Que soem os tambores e toquem as trombetas. E o senhor pode ficar ali e revelar a Grande Revelação."

"Essa é uma boa ideia", ele disse.

"Mas só revele o desenho em seu peito", ela disse. "Este é o primeiro. O senhor deve guardar o desenho em suas costas, debaixo da atadura. Para a semana seguinte, entende?"

"Quanto lhe devo?"

"Nada", ela disse. "Se andar com esses desenhos no senhor, serei recompensada com a minha própria satisfação. Ficarei sentada aqui pelas próximas duas semanas e pensarei como meus desenhos são engenhosos, pois eu os faço de acordo com cada homem e com o que existe dentro dele. Agora, saia desta casa e nunca mais volte. Adeus."

***

"Ei! A Grande Revelação!"

Os cartazes vermelhos anunciavam ao vento: NÃO SE TRATA DE NENHUM HOMEM COMUM TATUADO. ESTE É O "HOMEM ILUSTRADO"! MAIOR DO QUE "MIGUELÂNGELO"! HOJE À NOITE! ENTRADA A DEZ CENTAVOS!

Então havia chegado a hora. Noite de sábado, a multidão mexendo os pés animalescos na serragem quente.

"Em um minuto" — o chefe do parque de diversões apontou seu megafone de papelão —, "na tenda logo atrás de mim, vamos revelar o Desenho Misterioso no peito do Homem Ilustrado! Sábado que vem, à noite, à mesma hora, no mesmo lugar, vamos revelar o desenho nas *costas* do Homem Ilustrado! Tragam seus amigos."

Houve um espasmódico rufar de tambores.

O sr. William Philippus Phelps deu um salto para trás e desapareceu; a multidão invadiu a tenda e, uma vez lá dentro, encontrou-o reposicionado em uma outra plataforma, a banda tocando em seus metais uma melodia dançante.

Ele procurou pela esposa e a viu, perdida na multidão, como uma estranha que veio assistir a um espetáculo de aberração, no rosto um olhar de curiosidade e desprezo. Pois, afinal de contas, ele era seu marido, aquilo era uma coisa que ela mesma não sabia a respeito dele. Descobrir-se, por uma noite, no centro do universo estridente, o mundo do parque de diversões, dava a ele um sentimento de grande elevação e entusiasmo e brilho. Mesmo que outras aberrações — o Esqueleto, o Menino-Foca, o Faquir, o Mágico e o Balão — estivessem em meio à multidão.

"Senhoras e senhores, o grande momento!"

Um floreio de trombeta, uma vibração de baquetas sobre couro esticado.

O sr. William Philippus Phelps deixou cair a capa. Dinossauros, gigantes e meio-serpentes-meio-mulheres se contorciam sobre sua pele sob o foco de luz.

"Oh...", murmurou a multidão, pois certamente nunca houve um homem tatuado como aquele! Os olhos das feras pareciam refletir fogo vermelho e fogo azul, piscando e dardejando. As rosas em seus dedos pareciam exalar um doce perfume floral.

O tiranossauro levantava-se sobre as patas traseiras em sua perna, e o som da trombeta metálica nos céus da tenda quente era um bramido pré-histórico emitido pelo monstro vermelho. O sr. William Philippus Phelps era um museu vivo. Peixes nadavam em mares de azul-elétrico. Fontes faiscavam sob sóis amarelos. Construções antigas se elevavam em campos de colheita de trigo. Foguetes atravessavam em chamas espaços de músculo e carne. A mais leve inalação de sua respiração ameaçava lançar no caos todo esse universo tatuado. Ele parecia arder em chamas, as criaturas se esquivando do fogo, afastando-se do grande calor de seu orgulho, enquanto ele se expandia diante da contemplação extática do público.

O chefe do parque de diversões pôs os dedos no esparadrapo. O público avançou, silencioso na noturna vastidão de forno da tenda.

"Vocês não viram nada ainda!", gritou o chefe do parque de diversões.

O esparadrapo se soltou.

Houve um instante em que nada aconteceu. Um instante em que o Homem Ilustrado pensou que a Revelação havia sido um fracasso terrível e irrevogável.

Mas então o público deu um gemido abafado. O chefe do parque de diversões recuou, os olhos fixos.

Lá longe, no final da multidão, uma mulher, depois de instantes, começou a chorar, começou a soluçar, e não parava.

Lentamente, o Homem Ilustrado olhou para baixo, para seu peito nu e o ventre.

Aquilo que ele viu fez com que as rosas em suas mãos desbotassem e morressem. Todas as suas criaturas se contorceram, encolheram-se e murcharam com a frialdade ártica bombeada para fora de seu coração, que as congelou e destruiu. Ele estava trêmulo. As mãos se elevaram flutuando para tocar aquele desenho incrível, que estava vivo, movia-se e tremia com vida. Era como se contemplasse o interior de um pequeno quarto e visse algo tão íntimo e inacessível da vida de alguém, que não conseguisse acreditar, nem fosse possível observar durante muito tempo sem dar as costas.

Era um retrato de sua esposa, Lisabeth, e dele mesmo.

E ele a estava matando.

Diante dos olhos de mil pessoas em uma tenda escura no centro de uma terra de florestas negras de Wisconsin, ele estava matando a esposa.

Suas mãos grandes e floridas estavam em volta da garganta dela e seu rosto estava escurecendo e ele a matava, e ele a matava e nem por um minuto parava de matá-la. Era real. Enquanto a multidão assistia, ela morria, e ele se sentia muito mal. Estava prestes a cair direto sobre a multidão. A tenda rodopiava como a asa de um morcego monstruoso, batendo grotescamente. A última coisa que ouviu foi uma mulher soluçando, ao longe, no final da multidão silenciosa.

E a mulher em prantos era Lisabeth, sua esposa.

À noite, sua cama estava molhada de suor. Os sons do parque de diversões haviam se esvaído, e sua mulher, na própria cama, agora estava em silêncio também. Ele apalpou o peito. O esparadrapo estava esticado. Ele fora obrigado a colocá-lo de volta.

Havia desmaiado. Quando voltou a si, o chefe do parque de diversões gritara com ele:

"Por que você não disse como era o desenho?"

"Eu não sabia, não sabia", disse o Homem Ilustrado.

"Meu Deus!", disse o chefe. "Matou todo mundo de medo. Matou Lizzie de medo, apavorou-a, apavorou-me. Cristo, onde você fez essa maldita tatuagem?" Ele estremeceu. "Peça desculpas a Lizzie, agora."

Sua mulher estava em pé ao lado dele.

"Desculpe-me, Lisabeth", ele disse, com voz sumida, os olhos fechados. "Eu não sabia."

"Você fez de propósito", ela disse. "Para me assustar."

"Desculpe."

"Ou a tatuagem sai ou saio eu", ela disse.

"Lisabeth."

"Você me ouviu. O desenho sai ou eu largo o espetáculo."

"É, Phil", disse o chefe. "É assim que é."

"Você perdeu dinheiro? A multidão pediu devolução?"

"Não se trata do dinheiro, Phil. Pelo contrário, quando a notícia se espalhou, centenas de pessoas queriam entrar. Mas estou comandando um espetáculo de respeito. Essa tatuagem sai. Essa é a ideia que você faz de uma piada, Phil?"

Ele se virou na cama quente. Não, uma piada não. Uma piada não, de jeito nenhum. Ele tinha ficado tão aterrorizado quanto qualquer um. Aquela pequena bruxa empoeirada, o que ela havia *feito* a ele, e como? Ela havia colocado o desenho lá? Não; ela dissera que o desenho estava inacabado e que ele mesmo, com seus pensamentos e suor, iria terminá-lo. Bem, ele havia feito o trabalho direito.

Mas qual era o significado, se havia um? Ele não queria matar ninguém. Ele não queria matar Lisabeth. Por que aquele desenho tão idiota deveria queimar em sua carne, no escuro?

Ele arrastou os dedos levemente, com cuidado, até tocar o local trêmulo onde estava o desenho escondido. Apertou com força, e a temperatura naquele ponto era altíssima. Ele quase podia sentir o pequeno desenho maléfico matando e matando e matando a noite toda.

Eu não desejo matá-la, ele pensava insistentemente, olhando em direção à cama dela. E então, cinco minutos depois, ele sussurrou:

"Ou desejo?"

"O quê?", ela perguntou, acordada.

"Nada", ele disse, depois de uma pausa. "Vá dormir."

***

O homem se inclinou para a frente, um instrumento zumbindo na mão.

"Isso custa cinco pratas por centímetro. Custa mais remover tatuagens do que fazê-las. Certo, arranque o esparadrapo."

O Homem Ilustrado obedeceu.

O tatuador sentou-se.

"Deus do céu! Não é de admirar que você queira tirar isso! É medonho, eu nem mesmo quero olhar."

Ele sacudiu o aparelho.

"Pronto? Não vai doer."

O chefe do parque de diversões ficou na porta da tenda, assistindo. Depois de cinco minutos, o tatuador mudou o cabeçote do aparelho, xingando. Dez minutos depois, ele afastou a cadeira e coçou a cabeça. Meia hora se passou e ele se levantou, mandou que o sr. William Philippus Phelps se vestisse e guardou seu material.

"Espere um minuto", disse o chefe do parque de diversões. "Você não fez o serviço."

"Nem vou fazer", disse o tatuador.

"Estou pagando bem. Qual o problema?"

"Nenhum, só que o maldito desenho não sai. A maldita coisa deve ir fundo, até no osso."

"Você está louco."

"Senhor, estou no ramo há trinta anos e nunca vi uma tatuagem como esta. Um centímetro de profundidade, no mínimo."

"Mas você tem de tirá-la!", gritou o Homem Ilustrado.

O tatuador balançou a cabeça.

"Só há um jeito de ficar livre dela."

"Como?"

"Pegar uma faca e cortar fora seu peito. Você não vai viver muito, mas o desenho sairá."

"Volte aqui!"

Mas o tatuador foi-se embora.

***

Eles podiam ouvir o imenso público de domingo à noite, esperando.

"É um público enorme", disse o Homem Ilustrado.

"Mas eles não vão ver o que vieram ver", disse o chefe do parque de diversões. "Você não vai sair daqui, a não ser com o esparadrapo. Fique quieto agora. Estou curioso a respeito deste *outro* desenho, em suas costas. Poderíamos dar a eles uma Revelação deste aqui, em vez do outro."

"Ela disse que não estaria pronto antes de aproximadamente uma semana. A velha disse que levaria tempo para terminar, formar um desenho."

Ouviu-se um som leve quando o chefe do parque de diversões tirou um pedaço branco de esparadrapo da espinha do Homem Ilustrado.

"O que você vê?", ofegou o sr. Phelps, curvado.

O chefe do parque de diversões recolocou o esparadrapo.

"Meu amigo, como Homem Tatuado você é um fracasso, não é? Por que deixou a velhota tapeá-lo?"

"Eu não sabia quem ela era."

"Ela com certeza o enganou neste aqui. Nenhum desenho aí. Nada. Nenhum desenho mesmo."

"Ele vai aparecer. Espere e verá."

O chefe riu. "Está bem. Venha. De qualquer maneira, vamos mostrar à multidão parte de você."

Eles saíram em uma explosão de música de banda de metais.

***

Ele se postou monstruoso no meio da noite, esticando as mãos como um cego, para se equilibrar em um mundo agora inclinado, ora girando vertiginosamente, ora ameaçando lançá-lo no espelho diante do qual levantava as mãos. Por sobre a mesa plana, mal iluminada, havia peróxido, ácidos, navalhas de prata e quadrados de papel-lixa. Ele pegou um de cada vez. Encharcou a tatuagem maligna em seu peito, raspou-a. Trabalhou ininterruptamente durante uma hora.

Percebeu, de repente, que havia alguém na porta do reboque atrás dele. Eram três da manhã. Havia um leve odor de cerveja. Ela tinha vindo da cidade para casa. Ele ouvia sua respiração lenta. Não se virou.

"Lisabeth?", ele disse.

"É melhor você se livrar dela", ela disse, observando as mãos dele movimentando o papel-lixa. Ela entrou no reboque.

"Eu não queria o desenho desse jeito", ele disse.

"Queria", ela disse. "Você planejou isso."

"Não queria."

"Eu conheço você", ela disse. "Ah, eu sei que você me odeia. Bom, isso não é nada. Eu odeio você. Eu odeio você já faz tempo. Meu Deus, quando começou a engordar, você acha que alguém poderia amá-lo então? Eu poderia ensinar-lhe algumas coisas sobre ódio. Por que não me pergunta?"

"Deixe-me em paz", ele disse.

"Em frente daquela multidão, fazendo de mim um espetáculo!"

"Eu não sabia o que havia debaixo do esparadrapo."

Ela andou em volta da mesa, as mãos nos quadris, falando para as camas, as paredes, a mesa, desabafando. E ele pensou: *Ou será que sabia? Quem fez este desenho, eu ou a bruxa? Quem o formou? Como? Será que eu a queria morta de verdade? Não! Entretanto...* Ele observava a esposa chegar mais perto, mais perto, via suas cordas vocais na garganta vibrarem com sua gritaria. Isso e isso e *isso* estava errado com ele! Aquilo e aquilo e *aquilo* era odioso nele! Ele era um mentiroso, um velhaco, um homem gordo, preguiçoso e feio, uma criança. Será que ele achava que podia competir com o chefe do parque de diversões ou com os armadores de tendas? Será que ele achava que era esbelto e gracioso, achava que era um El Greco emoldurado? Da Vinci, ah! Michelangelo, uma ova! Ela zurrava. Mostrava os dentes.

"Bom, você não me amedronta a ponto de me fazer ficar com alguém que não quero que me toque com suas patas imundas!", ela concluiu, triunfante.

"Lisabeth", ele chamou.

"Não me chame de Lisabeth!", ela guinchou. "Eu conheço seu plano. Você mandou fazer aquele desenho para me assustar. Achou que eu não *ousaria* deixá-lo. Muito bem!"

"Na noite do próximo sábado, a Segunda Revelação", ele disse. "Você terá orgulho de mim."

"Orgulho! Você é tolo e digno de pena. Deus, você parece uma baleia. Nunca viu uma baleia encalhada? Eu vi quando era criança. Lá estava ela, e eles chegaram e atiraram nela. Alguns salva-vidas atiraram nela. Meu Deus, uma baleia!"

"Lisabeth."

"Estou indo embora, é tudo, e pedindo o divórcio."

"Não."

"E estou me casando com um homem, não com uma mulher gorda — é isso o que você é, tanta gordura que nem tem sexo!"

"Você não pode me deixar", ele disse.

"Pois veremos!"

"Eu a amo", ele disse.

"Ah", ela disse. "Fique aí olhando seus desenhos."

Ele estendeu os braços.

"Afaste essas mãos de mim", ela disse.

"Lisabeth."

"Não chegue perto. Você me revira o estômago."

"Lisabeth."

Parecia que todos os olhos de seu corpo se acendiam, todas as cobras se moviam, todos os monstros se agitavam, todas as bocas se escancaravam e se enfureciam. Ele andou em direção a ela — não como um homem, mas como uma multidão.

Sentia a grande represa sanguínea de laranjada ser bombeada através de si naquele instante, a comporta de refrigerante de cola e limão pulsar em adocicada fúria nauseabunda através de seus pulsos, pernas e coração. Tudo aquilo, os oceanos de mostarda e condimentos e todas os milhões de bebidas em que ele havia se afogado no último ano levantaram fervura; seu rosto era da cor de carne cozida. E as rosas cor-de-rosa de suas mãos transformaram-se naquelas flores famintas, carnívoras, mantidas por muitos anos em tépida floresta e agora libertadas para encontrar seu caminho no ar da noite diante dele.

Ele a agarrou, como uma grande fera agarrando um animal que se debate; foi um gesto frenético de amor, urgente e exigente, que, à medida que ela lutava, recrudescia e se transformava em outra coisa. Ela batia e unhava o desenho no peito dele.

"Você tem de me amar, Lisabeth."

"Não, me solte!", ela berrava. Socava o desenho que queimava sob seu punho. Atacava-o com as unhas.

"Ah, Lisabeth", ele disse, as mãos subindo pelos braços dela.

"Eu vou gritar", ela disse, vendo os olhos dele.

"Lisabeth." As mãos subiram pelos ombros dela até seu pescoço. "Não vá embora."

"Socorro!", ela gritou.

O sangue escorria do desenho no peito dele. Ele colocou os dedos em torno do pescoço dela e apertou.

Ela era um megafone tapado em pleno grito.

Lá fora, a grama farfalhava. Havia o som de pés correndo.

O sr. William Philippus Phelps abriu a porta do reboque e saiu.

Estavam esperando por ele. Esqueleto, Anão, Balão, Faquir, Electra, Olho-Saltado, Menino-Foca. As aberrações aguardando no meio da noite, na grama seca.

Ele andou na direção deles. Movia-se com um sentimento de que precisava fugir; essas pessoas não entenderiam nada, não eram pessoas que pensavam. E como ele não fugiu, como ele só caminhava, equilibrava-se, atordoado, entre as tendas, lentamente, as aberrações se moviam para deixá-lo passar. Elas o observavam, porque sua observação garantia que ele não escaparia. Ele atravessou o prado negro, mariposas esvoaçando por seu rosto. Caminhava firmemente, enquanto estava visível, sem saber aonde estava indo. Elas o observavam ir-se e, então, viraram-se e todas elas correram para o reboque silencioso, juntas, e lentamente empurraram a porta, até abri-la toda...

O Homem Ilustrado caminhava firmemente pelas pradarias secas além da cidade.

"Ele foi naquela direção!", gritou uma voz fraca.

Luzes de lanternas balouçavam pelas colinas. Havia vultos indefinidos, correndo.

O sr. William Philippus Phelps acenava para eles. Ele estava cansado. Queria apenas ser encontrado logo. Estava cansado de fugir. Acenou de novo.

"Ali está ele!" As luzes das lanternas mudaram de direção. "Venham! Vamos pegar o desgraçado!"

Quando era hora, o Homem Ilustrado corria de novo. Tinha o cuidado de correr devagar. Ele deliberadamente caiu duas vezes. Ao olhar para trás, viu as estacas de tenda que elas traziam nas mãos.

Correu para longe, em direção a uma lanterna de cruzamento, onde toda a noite de verão parecia se reunir: carrosséis de pirilampos volteando, grilos movendo seu cricrilar em direção à luz, tudo se precipitando, como se por alguma força de atração da meia-noite, em direção à lanterna que pendia do alto — o Homem Ilustrado primeiro, os outros bem atrás, nos calcanhares dele.

Quando ele chegou à luz e passou alguns metros debaixo e para além dela, não precisou olhar para trás. Na estrada à frente, em silhueta, ele viu as estacas de tenda levantadas golpearem violentamente, para cima, para cima, e depois *para baixo*!

Um minuto se passou.

Nas ravinas do campo, grilos cantavam. As aberrações estavam de pé em torno do Homem Ilustrado caído, segurando frouxamente suas estacas de tenda.

Finalmente, eles o viraram, deitando-o de bruços. Sangue escorria de sua boca.

Arrancaram o esparadrapo das costas dele. Ficaram olhando para baixo por um longo momento, para o desenho recém-revelado. Alguém cochichou. Outro alguém xingou em voz baixa. O Homem Magricela recuou e se afastou, nauseado. Uma a uma, as aberrações olharam fixamente, as bocas tremendo, e se afastaram, deixando o Homem Ilustrado na estrada deserta, o sangue escorrendo de sua boca.

À luz escassa, a ilustração revelada era facilmente vista.

Mostrava uma multidão de criaturas grotescas se inclinando sobre um homem gordo e moribundo em uma estrada escura e solitária, olhando para uma tatuagem nas costas dele que ilustrava uma multidão de criaturas grotescas se inclinando sobre um homem gordo e moribundo em uma...

O HOMEM EM CHAMAS

O FORD CAINDO AOS PEDAÇOS vinha por uma estrada que erguia plumas amarelas de poeira que levavam uma hora para assentar e não mais se mover naquela modorra especial que toma conta do mundo em meados de julho. Bem ao longe, o lago esperava, uma joia de frio azul em um lago de grama verde quente, mas ainda estava de fato muito distante, e Neva e Doug passavam apressados naquela lata-velha incandescente, com limonada derramando por todos os lados em uma garrafa térmica no banco de trás e sanduíches de presunto condimentados fermentando no colo de Doug. Ambos, o rapaz e sua tia, respiravam ar quente e, conversando, exalavam ar mais quente ainda.

"Engolidor de fogo", disse Douglas. "Estou engolindo fogo. Droga, mal posso *esperar* por aquele lago!"

De repente, lá em frente, havia um homem à beira da estrada.

Camisa aberta revelando o corpo bronzeado até a cintura, os cabelos alourados da cor do trigo maduro de julho, os olhos do homem incandesciam azuis de fogo, em um ninho de rugas de sol. Ele acenava, morrendo de calor.

Neva afundou o pé no freio. Ferozes nuvens de poeira se levantaram, fazendo o homem desaparecer. Quando a poeira dourada assentou, seus olhos quentes amarelados rebrilhavam, ameaçadores, como os de um gato, desafiando o tempo e o vento causticante.

Ele encarou Douglas.

Douglas desviou o olhar, nervosamente.

Dava para ver por onde o homem havia atravessado um campo de grama alta, amarelada, tostada e queimada por oito semanas de nenhuma chuva. Havia uma trilha onde o homem tinha amassado a grama e aberto uma passagem para a estrada. A trilha ia até onde a vista alcançava, descendo em direção a um pântano seco e um leito seco de riacho sem nada além de pedras quentes e tostadas e rochas fritas e areia derretida.

"Mal posso acreditar que você parou!", gritou o homem raivosamente.

"Mal posso acreditar que parei", Neva gritou de volta. "Aonde você está indo?"

"Vou pensar em algum lugar." O homem saltou como um gato e se aboletou no banco de trás. "Vá andando. Está *atrás* de nós! O sol, quero dizer, é claro!" Ele apontou diretamente para o alto. "Anda! Ou vamos *todos* enlouquecer!"

Neva enfiou o pé no acelerador. O carro saiu do cascalho e pairou sobre pura poeira ardente, reduzindo apenas de vez em quando ao se desviar de alguma rocha ou ao topar com uma pedra. Eles cortavam a terra ao meio ruidosamente. Acima dela, o homem gritava:

"Acelere para cem, cento e vinte, diabo, por que não cento e cinquenta!"

Neva lançou um rápido olhar crítico ao leão, o homem no banco de trás, para ver se conseguia fechar suas mandíbulas com um olhar. Elas se fecharam.

E é assim, claro, como Doug se sentia com respeito à fera. Não um estranho, não; não um caroneiro, mas um intruso. Apenas dois minutos depois de saltar para dentro do carro muito quente, com seu cabelo de selva e cheiro de selva, ele havia conseguido se indispor com o clima, o automóvel, Doug e sua honorável e perspirante tia. Agora ela se debruçava sobre o volante e guiava o carro por entre tempestades de calor e chicotadas de cascalho.

Enquanto isso, a criatura no assento de trás, com sua grande juba leonina e olhos amarelados de menta fresca, lambia os beiços e olhava direto para Doug no espelho retrovisor. Ele deu uma piscadela. Douglas tentou piscar de volta, mas por algum motivo a pálpebra não quis abaixar.

"Você alguma vez tentou imaginar...", gritou o homem.

"O quê?", gritou Neva.

"Você alguma vez tentou imaginar...", berrou o homem, inclinando-se para a frente entre eles, "...se o tempo está deixando ou não você doido, ou se você *já* é doido?"

A pergunta foi uma surpresa, que subitamente os refrescou naquele dia de fornalha.

"Não entendi direito...", disse Neva.

"Nem ninguém!" O homem cheirava como um fosso de leões. Seus braços magros se levantavam e abaixavam entre eles, nervosamente amarrando e desamarrando um cordão invisível. Ele se mexia como se houvesse ninhos de cabelos em chama sob cada axila.

"Num dia como hoje, o inferno todo está solto dentro de sua cabeça. Lúcifer nasceu em um dia assim, em uma desolação como esta", disse o homem. "Com apenas fogo e chamas e fumaça em toda parte", disse o homem. "E tudo tão quente que você não conseguia tocar, e as pessoas não querendo ser tocadas", disse o homem.

Ele deu uma cutucada no cotovelo dela, uma cutucada no rapaz.

Eles saltaram mais de um quilômetro.

"Vê?" O homem sorriu. "Num dia como hoje, você começa a pensar montes de coisas." Ele sorria. "Não é este o verão em que os dezessete anos de gafanhotos devem voltar como num puro holocausto? Pragas simples, mas multitudinárias?"

"Não sei." Neva dirigia rápido, olhando sempre para a frente.

"Este *é* o verão. O holocausto está logo ali na esquina. Estou pensando tão rápido que meus olhos doem, minha cabeça racha. Sou capaz de explodir em uma bola de fogo a um simples pensamento desconectado. Ora... ora... ora."

Neva engoliu em seco. Doug suspendeu a respiração.

Muito subitamente, eles ficaram aterrorizados. Pois o homem simplesmente continuava tagarelando, olhando para as árvores de fogo verde-ondulantes de calor que passavam queimando de um lado e de outro, aspirando a poeira grossa e quente que se levantava em torno do carro de lata; sua voz não estava nem alta nem baixa, mas firme e calma agora, ao descrever sua vida:

"Sim, senhor, há mais no mundo do que as pessoas dão valor. Se pode haver dezessete anos de gafanhotos, por que não dezessete anos de pessoas? Já *pensaram* nisso?"

"Nunca pensei", disse alguém.

Provavelmente eu, pensou Doug, pois sua boca se movera como um camundongo.

"Ou que tal vinte e quatro anos de pessoas, ou cinquenta e sete anos? Quero dizer, estamos tão acostumados a pessoas crescendo, casando, tendo filhos, que nunca paramos para pensar que talvez haja outras maneiras de elas virem ao mundo, talvez como gafanhotos, de vez em quando, quem sabe, um dia quente, no meio do verão!"

"*Quem sabe?*" Lá estava o camundongo novamente. Os lábios de Doug tremiam.

"E quem pode dizer que não há maldade genética no mundo?", perguntou o homem ao Sol, olhando diretamente para o alto, para o Sol, sem piscar.

"*Que* tipo de maldade?", perguntou Neva.

"Genética, madame. Ou seja, no sangue. As pessoas que nasceram más, cresceram más, morreram más, sem nenhuma mudança até o fim da linha."

"Uau!", disse Douglas. "Você quer dizer pessoas que começaram malvadas e continuaram assim?"

"Captou a mensagem, garoto. Por que não? Se existem pessoas que todo mundo acha que são uns anjos de candura desde o primeiro doce suspiro até o último, por que não vileza pura e simples, de primeiro de janeiro a dezembro, trezentos e sessenta e cinco dias por ano?"

"Nunca pensei nisso", disse o camundongo.

"Pense", disse o homem. "*Pense.*"

Eles pensaram por mais de cinco segundos.

"Agora", disse o homem, apertando um dos olhos ao olhar para o lago fresco a oito quilômetros de distância, o outro fechado para dentro da escuridão e ruminando ali sobre um monte de fatos. "Ouçam. E se o calor intenso, quero dizer, o calor realmente quente, quente de um mês como este, em uma semana como esta, em um dia como hoje, simplesmente produzisse um Homem Mau, feito de lama do rio assada. Que estava ali, enterrado na lama por quarenta e sete anos, como uma maldita larva, esperando vir à luz. E ele despertasse com uma sacudida e olhasse em volta, totalmente adulto, e saísse da lama quente para o mundo e dissesse: 'Acho que vou comer um verão'."

"Como é mesmo?"

"Comer um verão, garoto; verão, madame. Simplesmente devorá-lo inteiro. Olhe para as árvores, não são um jantar inteiro? Olhe para aquele campo de trigo, não é um banquete? Aqueles girassóis à beira da estrada, puxa vida, ali está um café da manhã. Papel de alcatrão no telhado daquela casa, ali está o almoço. E o lago, bem lá adiante, minha nossa, é o vinho do jantar, beba-o todo!"

"Estou mesmo com sede", disse Doug.

"Com sede, diacho, rapaz, 'com sede' nem mesmo começa a descrever o estado de um homem, venhamos e convenhamos, que é alguém que esteve esperando na lama quente por trinta anos e nasceu, só para morrer em um dia! Com sede! Pelos deuses! Sua ignorância é total."

"Bom", disse Doug.

"Bom", disse o homem. "Não apenas com sede, mas faminto. Faminto. Olhe em volta. Não apenas comer as árvores e depois as flores abrasadas à beira das estradas, mas depois os cães ofegantes mortos de calor. Lá está um. Lá está outro! E todos os gatos do país. Lá estão dois, acabaram de passar três! E se, então, o feliz glutão começar simplesmente a... ora, por que não... começar a sair por aí... vou lhe dizer, que tal isto... comendo gente? Quero dizer... pessoas! Pessoas fritas, cozidas, fervidas e parboilizadas. Belezas de pessoas bronzeadas. Velhos, jovens. Chapéus de velhinhas e depois as velhinhas debaixo dos chapéus e depois cachecóis de jovens moças e jovens moças e, em seguida, calções de banho de jovens rapazes, meu Deus, e jovens rapazes, cotovelos, tornozelos, orelhas, artelhos e sobrancelhas! Sobrancelhas, puxa vida, homens, mulheres, rapazes, moças, cães, completando o cardápio, afiem seus dentes, lambam os beiços, o jantar está *servido*!"

"Espere aí!", alguém gritou.

Eu não, pensou Doug. *Eu não disse nada.*

"Um momento aí!", alguém gritou.

Era Neva.

Ele viu o joelho dela se levantar como por intuição e se abaixar como por uma decisão irrevogável.

Pá! Bateu o calcanhar no chão.

O carro freou. Neva abriu a porta do carro, apontando, gritando, apontando, gritando, a boca nervosa, uma das mãos estendida agarrando a camisa do homem e rasgando-a.

"Fora. Saia!"

"*Aqui*, madame?" O homem estava atônito.

"Aqui, aqui, aqui, fora, fora, fora!"

"Mas, madame...!"

"Fora, ou você está acabado, acabado", gritou Neva, descontroladamente. "Tenho uma carga de bíblias no porta-malas, uma pistola com uma bala de prata aqui, debaixo do volante. Uma caixa de crucifixos debaixo do banco! Uma estaca de madeira presa ao eixo, junto com um martelo. Tenho água benta no carburador, abençoada hoje de manhã cedo antes de ferver e três igrejas no caminho: a católica de São Mateus, a batista da Torre Verde e a episcopal Cidade do Sião. Essa energia vai acabar com você. Seguindo a gente, um quilômetro atrás e devendo chegar a qualquer momento, está o reverendo bispo Kelly de Chicago. Lá no lago, está o padre Rooney de Milwaukee, e Doug, ora, Doug aqui tem em seu bolso traseiro, neste minuto, uma espiga de acônito e dois pedaços de raiz de mandrágora. Saia! Saia! Saia!"

"Ora, madame", gritou o homem. "*Já saí.*"

E saiu.

Bateu no chão e rolou na estrada.

Neva arrancou o carro a toda a velocidade.

Lá atrás, o homem se compunha e gritava:

"Você deve ser louca. Deve ser maluca. Louca. Maluca."

"*Eu*, louca? *Eu*, maluca?", disse Neva, e resmungou: "Puxa!".

"... louca... maluca..."

A voz foi sumindo.

Douglas olhou para trás e viu o homem sacudir o punho e então rasgar a camisa e jogá-la no cascalho e saltando para fugir de grandes nuvens de poeira quente, com os pés descalços.

O carro explodia, corria, acelerava, avançava estourando freneticamente, sua tia ferozmente colada ao volante quente, até que a pequena figura suada do homem tagarela desapareceu nos pântanos batidos de sol e no ar abrasador. Por fim, Doug respirou:

"Neva, eu nunca vi você falar daquele jeito."

"E nunca mais verá, Doug."

"O que você disse era *verdade*?"

"Nem uma só palavra."

"Você mentiu, quero dizer, você *mentiu*?"

"Menti", Neva piscou. "Você acha que *ele* estava mentindo também?"

"Não sei."

"Tudo o que sei é que, às vezes, é preciso uma mentira para acabar com outra, Doug. Desta vez, pelo menos. Não deixe que isso se torne um hábito."

"Não, madame." Ele começou a rir. "Fale novamente aquela coisa de raiz de mandrágora. Fale daquela coisa de acônito no meu bolso. Fale da pistola com uma bala de prata, diga."

Ela falou. Os dois começaram a rir.

Gritando e fazendo algazarra, eles se foram em seu carrinho lata-velha sobre trilhas de cascalho e lombadas, ela falando, ele escutando, olhos apertados, gargalhando, caçoando, tagarelando.

Só pararam de rir quando caíram dentro d'água em suas roupas de banho e saíram todo sorridentes.

O sol estava quente no meio do céu e eles brincaram na água alegremente por cinco minutos antes de começarem realmente a nadar nas frescas ondas mentoladas.

Somente ao entardecer, quando o sol de repente se foi e as sombras se projetavam das árvores, é que eles se lembraram de que tinham de descer *de volta* aquela estrada solitária atravessando todos aqueles lugares escuros e passando pelo pântano deserto para chegar à cidade.

Ficaram ao lado do carro e olharam para baixo, para aquela longa estrada. Doug engoliu em seco.

"*Nada* pode nos acontecer no caminho de casa."

"Nada."

"Pule!"

Eles saltaram para os assentos e Neva deu partida no motor com gosto e eles arrancaram.

Dirigiram passando debaixo de árvores cor de ameixa e entre colinas de veludo púrpura.

E nada aconteceu.

Dirigiram por uma estrada larga de cascalho grosso que estava ficando da cor de ameixas e sentiram o cheiro do ar fresco-morno, que parecia com o de lilases, e entreolhavam-se, esperando.

E nada aconteceu.

Neva começou finalmente a cantarolar de lábios fechados.

A estrada estava deserta.

E então não estava mais deserta.

Neva riu. Douglas apertava os olhos e ria com ela.

Havia um garotinho, de uns nove anos talvez, vestido com um terno de verão cor de baunilha, sapatos brancos e gravata branca, o rosto rosado e lavado, esperando à beira da estrada. Ele acenou.

Neva freou o carro.

"Indo para a cidade?", perguntou o garoto, alegremente. "Me perdi. O pessoal do piquenique foi embora sem mim. Que bom que vocês apareceram. É *assustador* por aqui."

"Suba!"

O menino subiu e eles arrancaram, o garoto no banco de trás, e Doug e Neva na frente, olhando de vez em quando para ele, rindo e depois silenciando.

O garotinho ficou em silêncio por um longo tempo atrás deles, sentado ereto, rígido e limpo e vivaz e fresco e novo em seu terno claro.

E eles dirigiram pela estrada vazia sob um céu que agora estava escuro, com umas poucas estrelas e o vento que esfriava.

E finalmente o menino falou e disse algo que Doug não conseguiu ouvir, mas viu Neva enrijecer e seu rosto ficar pálido como o sorvete de onde foi tirado o terno do garotinho.

"O quê?", perguntou Doug, lançando um olhar para trás.

O garotinho o olhou diretamente, sem piscar, e sua boca se mexeu sozinha como se estivesse separada do rosto.

O motor do carro rateou e morreu.

Eles foram diminuindo até parar totalmente.

Doug viu Neva pisando e pelejando com o acelerador e a ignição. Mas, sobretudo, ele escutou o garotinho dizer no silêncio novo e permanente:

"Algum de vocês já pensou alguma vez..."

O menino tomou fôlego e concluiu:

"...se existe algo como maldade genética no mundo?"

AS FRUTAS NO FUNDO DA FRUTEIRA

WILLIAM ACTON FICOU DE PÉ. O relógio em cima da lareira bateu meia-noite.

Olhou para os dedos e olhou para a sala grande em torno de si e olhou para o homem deitado no chão. William Acton, cujos dedos haviam apertado teclas de máquina de escrever e feito amor e fritado presunto e ovos para desjejuns matutinos, agora cometera um assassinato com aqueles mesmos dez dedos cobertos de pequenas espirais digitais.

Nunca havia pensado em si mesmo como escultor e, no entanto, naquele momento, olhando entre as mãos, para baixo, para o corpo sobre o chão de madeira encerada, ele percebeu que, ao apertar e remodelar e retorcer, de algum modo, a argila humana ele havia se apoderado desse homem chamado Donald Huxley e mudado sua fisionomia, a própria estrutura de seu corpo.

Com uma torção de dedos, ele havia removido o brilho preciso dos olhos de Huxley, substituindo-o por uma opacidade cega de olho frio na órbita. Os lábios, sempre rosados e sensuais, estavam abertos mostrando os dentes equinos, os incisivos amarelos, os caninos tingidos de nicotina, os molares incrustados de ouro. O nariz, também rosado, estava agora mosqueado, pálido, desbotado, assim como as orelhas. As mãos de Huxley, sobre o chão, estavam abertas, pela primeira vez na vida implorando, em vez de exigindo.

Sim, era uma concepção artística. No geral, a mudança havia feito certo bem a Huxley. A morte o tornou um homem mais fácil de lidar. Agora, quando alguém conversasse com ele, ele teria de ouvir.

William Acton olhou para os próprios dedos. Estava feito. Não podia desfazer. Alguém teria ouvido? Escutou. Do lado de fora, os sons tardios normais do tráfego na rua continuavam. Não havia nenhuma batida na porta da casa, nenhum ombro arrebentando-a em pedaços, nenhuma voz exigindo entrada. O assassinato, a transformação da argila de calor em frieza estava feita, e ninguém sabia.

E agora? O relógio marcava meia-noite. Todo o seu impulso explodia em histeria rumo à porta. Depressa, fuja, não volte nunca mais, pegue um trem, chame um táxi, saia, vá, corra, ande, suma, mas dê o fora daqui!

Suas mãos pairavam diante de seus olhos, flutuando, volteando.

Ele as contorceu em lenta deliberação; pareciam etéreas e leves como penas.

Por que estava olhando para elas desse jeito?, ele se perguntava. Havia nelas algo de tão grande interesse que ele devesse fazer uma pausa agora, depois de um estrangulamento bem-sucedido, e examinar as linhas de suas impressões digitais, uma a uma?

Eram mãos comuns. Nem grossas, nem finas, nem longas, nem curtas, nem peludas, nem sem pelos, não tratadas, porém não sujas, não macias, porém não calejadas, não enrugadas, porém não lisas; mãos de jeito algum assassinas, porém não inocentes. Ele parecia considerá-las milagres a serem contemplados.

Não eram as mãos em si que interessavam a ele, nem os dedos em si. Na eternidade entorpecida após uma violência consumada, ele apenas tinha interesse nas *pontas* de seus dedos.

O relógio tiquetaqueava sobre a lareira.

Ele se ajoelhou ao lado do corpo de Huxley, tirou um lenço do bolso de Huxley e começou a esfregar a garganta de Huxley metodicamente. Ele esfregava e massageava a garganta e limpava o rosto e a nuca com energia feroz. Então, levantou-se.

Olhou para a garganta. Olhou para o chão encerado. Curvou-se vagarosamente e esfregou de leve o chão com o lenço, então franziu o cenho e esfregou com força; primeiro, perto da cabeça do cadáver, depois, perto dos braços. Em seguida, lustrou o chão todo em torno do corpo. Lustrou o chão um metro a partir do corpo em todas as direções. Depois, lustrou o chão dois metros a partir do corpo em todas as direções. Depois, lustrou o chão três metros a partir do corpo em todas as direções. Depois...

Parou.

***

Houve um momento em que viu a casa inteira, os corredores forrados de espelhos, as portas entalhadas, os móveis esplêndidos e, tão claramente como se estivesse se repetindo palavra por palavra, ele ouviu a voz de Huxley e a sua própria, conversando, exatamente como haviam conversado apenas uma hora antes.

O dedo na campainha de Huxley. A porta de Huxley se abrindo.

"Ah!", disse Huxley chocado. "É *você*, Acton."

"Onde está a minha esposa, Huxley?"

"Você acha mesmo que eu contaria a você? Não fique aí fora, seu idiota. Se quiser falar de negócios, entre. Por aquela porta. Lá. Na biblioteca."

Acton havia *tocado* a porta da biblioteca.

"Bebida?"

"Preciso de uma. Não consigo acreditar que Lily se foi, que ela..."

"Há uma garrafa de borgonha, Acton. Importa-se de trazê-la daquele armário? Sim, traga. *Manuseie-a*. Toque-a."

Ele o fez.

"Algumas primeiras edições interessantes ali, Acton. Sinta esta encadernação. *Sinta-a*."

"Não vim para ver livros, eu..."

Ele havia *tocado* os livros e a mesa da biblioteca e *tocado* a garrafa do borgonha e os copos de borgonha.

Agora, agachado no chão, ao lado do corpo frio de Huxley, segurando o lenço usado no chão, ele olhava a casa, as paredes, os móveis ao seu redor, os olhos arregalados, a boca aberta, estupefato com o que percebeu e com o que via. Fechou os olhos, deixou pender a cabeça, apertou o lenço entre as mãos, amassando-o, mordendo os lábios, contendo-se.

As impressões digitais estavam em toda parte, *em toda parte*!

"Importa-se de pegar o borgonha, Acton, hein? A garrafa de Borgonha, hein? Com seus dedos, hein? Estou terrivelmente cansado. Você entende?"

Um par de luvas.

Antes de fazer mais alguma coisa, antes de lustrar uma outra área, ele precisava ter um par de luvas, ou poderia, involuntariamente, depois de limpar uma superfície, redistribuir sua identidade.

Colocou as mãos nos bolsos. Atravessou a casa até o porta-guarda-chuva na entrada, o cabide de chapéus. O sobretudo de Huxley. Revistou os bolsos do sobretudo.

Nenhuma luva.

Com as mãos de volta aos bolsos, foi ao andar de cima, movendo-se com rapidez controlada, não se permitindo nada frenético, nada impensado. Havia cometido o erro inicial de não usar luvas (afinal, não tinha *planejado* um assassinato, e seu subconsciente, que talvez soubesse do crime antes de ser cometido, não havia nem mesmo sugerido que ele devesse usar luvas antes que a noite chegasse ao fim), e agora ele tinha de pagar pelo pecado de omissão. Em algum lugar da casa devia haver pelo menos um par de luvas. Ele teria de se apressar; era bem possível que alguém visitasse Huxley, mesmo àquela hora. Amigos ricos se embebedando, entrando e saindo pela porta, rindo, gritando, indo e vindo sem muito mais que um olá ou adeus. Ele teria até seis da manhã, do lado de fora, quando os amigos de Huxley viriam buscá-lo para irem ao aeroporto e à Cidade do México...

Acton se apressou no andar de cima, abrindo gavetas, usando o lenço como mata-borrão. Desarrumou setenta ou oitenta gavetas em seis cômodos, deixando-as, por assim dizer, com as línguas para fora, e correu para desarrumar outras. Sentia-se nu, incapaz de fazer qualquer coisa até encontrar luvas. Poderia esfregar a casa toda com o lenço, lustrando todas as superfícies possíveis em que pudesse haver impressões digitais e, acidentalmente, esbarrar em uma parede aqui ou ali, selando assim o próprio destino com um microscópico em forma de espiral! Seria como colocar seu selo de aprovação no assassinato, é o que seria! Como aqueles lacres de cera de antigamente, quando desenrolavam papiros, floreavam-nos à pena, polvilhavam tudo com areia para secar a tinta e pressionavam os anéis de sinete sobre a cera quente e rubra ao pé da folha. Seria assim se ele deixasse *uma*, imagine só, uma única impressão digital na cena! Sua aprovação do assassinato não iria tão longe a ponto de apor tal selo.

Mais gavetas! Seja silencioso, seja curioso, seja cuidadoso, dizia a si mesmo.

No fundo da octogésima quinta gaveta, encontrou luvas.

"Ah, meu Deus, meu Deus!" Encostou-se à cômoda, suspirando. Experimentou as luvas, levantou as mãos, fletiu os dedos orgulhosamente, abotoou-as. Elas eram macias, cinza, grossas, inexpugnáveis. Agora ele poderia fazer toda sorte de truques com as mãos sem deixar traços. Achatou o nariz contra o espelho do quarto, chupando o ar por entre os dentes.

***

"NÃO!", gritou Huxley.

Que plano perverso fora aquele.

Huxley havia caído no chão de *propósito*! Ah, que homem perversamente esperto! Caído sobre o chão de madeira estava Huxley, com Acton atrás dele. Eles haviam rolado e lutado e arranhado a porta, deixando nela marcas e mais marcas de seus dedos frenéticos! Huxley conseguiu se afastar alguns metros, Acton engatinhava atrás dele para colocar as mãos em seu pescoço e apertar até que a vida saísse dele como pasta de um tubo!

Enluvado, William Acton voltou à sala e se ajoelhou no chão e laboriosamente começou a tarefa de esfregar cada um de seus centímetros infestados. Centímetro por centímetro, ele lustrou e lustrou até quase conseguir ver refletido seu rosto concentrado e suado. Então, foi até uma mesa e lustrou uma de suas pernas, subindo até seu corpo sólido e ao longo das saliências e por sobre o tampo. Alcançou uma fruteira, poliu a prata filigranada, tirou as frutas de cera e esfregou até ficarem limpas, deixando as frutas do fundo sem lustrar.

"Tenho certeza de que não *as* toquei", ele disse.

Depois de esfregar a mesa, deparou-se com a moldura de um quadro dependurado sobre ela.

"Com certeza eu não toquei *nisso*", ele disse.

Ficou olhando para ela.

Olhou de relance todas as portas da sala. Que portas ele havia usado naquela noite? Não conseguia se lembrar. Esfregue todas, então. Começou com as maçanetas, lustrou todas e, em seguida, limpou as portas de alto a baixo, para não correr nenhum risco. Então se dirigiu a todos os móveis na sala e limpou os braços das cadeiras.

"Aquela cadeira em que você está sentado, Acton, é uma antiga peça Luís XIV. *Sinta* o material", disse Huxley.

"Não vim para falar de mobília, Huxley! Vim por causa de Lily."

"Ah, deixe disso, você não fala tão sério assim sobre ela. Ela não o ama, você sabe. Ela me disse que irá para a Cidade do México amanhã."

"Você e seu dinheiro e sua maldita mobília!"

"É uma boa mobília, Acton; seja um bom convidado e passe a mão nela."

Impressões digitais podem ser encontradas em tecido.

"Huxley!" William Acton olhou para o corpo. "Você adivinhou que eu iria matá-lo? Seu subconsciente suspeitava, assim como meu subconsciente suspeitava? E seu subconsciente lhe disse para me fazer andar pela casa, manuseando, tocando, *acariciando* livros, louças, portas, cadeiras? Você foi tão inteligente e *tão* maldoso assim?"

Limpou as cadeiras a seco, com o lenço embolado. Então, lembrou-se do corpo — ele não o havia limpado a seco. Foi até lá e o virou de um lado, depois de outro, e esfregou cada superfície dele. Até mesmo lustrou os sapatos, sem cobrar nada.

Enquanto lustrava os sapatos, seu rosto foi tomado de um tremor de preocupação e, depois de um momento, ele se levantou e andou até aquela mesa.

Retirou e lustrou as frutas de cera no fundo da fruteira.

"Melhor", sussurrou, e voltou ao corpo.

Mas, quando se agachou por sobre o corpo, suas pálpebras estremeceram e a mandíbula se moveu de um lado para o outro e ele se debateu, depois se levantou e novamente caminhou até a mesa.

Lustrou a moldura do quadro.

Enquanto lustrava a moldura do quadro, descobriu...

A parede.

"*Isso*", pensou, "*é idiotice.*"

"Ah!", gritou Huxley, defendendo-se dele. Deu um empurrão em Acton enquanto lutavam. Acton caiu, levantou-se, tocando a parede, e correu de novo em direção a Huxley. Estrangulou Huxley. Huxley morreu.

Acton se afastou da parede com determinação, com equilíbrio e decisão. As palavras ásperas e a ação se dissolveram em sua mente; ele as escondeu. Lançou um olhar para as quatro paredes.

"Ridículo!", disse.

Com o canto dos olhos, viu algo em uma parede.

"Eu me recuso a prestar atenção", disse para desviar a concentração. "Agora, ao próximo cômodo! Serei metódico. Vejamos — no todo, estivemos no salão, na biblioteca, *nesta* sala e na sala de jantar e na cozinha."

Havia uma mancha na parede atrás dele.

Bem, não *havia*?

Ele se virou raivosamente.

"Tudo bem, tudo bem, só para ter *certeza*", e foi até *lá* e não conseguiu encontrar nenhuma mancha. Ah, uma *pequena*, sim, bem... *ali*. Esfregou-a de leve. De qualquer forma, não era uma digital. Acabou com ela, e sua mão enluvada se apoiou na parede e ele olhou a parede e a maneira como ela ia para a sua direita e para a sua esquerda e como ela descia até seus pés e subia acima de sua cabeça e disse suavemente: "Não". Olhou para cima e para baixo e para além e lá adiante e disse calmamente: "Isso seria demais". Quantos metros quadrados? "Não dou a mínima", disse. Mas, sem que seus olhos se apercebessem, sua mão enluvada se movia ansiosamente, esfregando as paredes em movimento curto e ritmado.

Examinou a mão e o papel de parede. Olhou por cima do ombro para o outro cômodo.

"Tenho de entrar lá e lustrar o mais importante", disse a si *mesmo*, embora a mão continuasse como se escorasse a parede ou a ele mesmo.

Seu rosto endureceu. Sem dizer palavra, começou a esfregar a parede, para cima e para baixo, para trás e para a frente, para cima e para baixo, o mais alto que podia se esticar e o mais baixo que conseguia se curvar.

"Ridículo, ah meu Deus, ridículo!"

Mas você precisa ter certeza, dizia a ele o seu pensamento.

"Sim, é *preciso* ter certeza", ele respondeu.

Terminou uma parede e em seguida...

Foi até uma outra parede.

"Que horas *são*?"

Olhou para o relógio da lareira. Uma hora se passara. Era uma e cinco.

A campainha tocou.

Acton ficou paralisado, olhando para a porta, para o relógio, para a porta, para o relógio.

Alguém bateu com força.

Um longo instante se passou. Acton não respirava. Sem ar novo no corpo, começou a desfalecer, a oscilar; na cabeça bramia um silêncio de ondas geladas troando sobre pesadas rochas.

"Ó de casa!", gritou uma voz embriagada. "Sei que você está aí, Huxley! Abra a porta, diabos! É o Billy-Boy, bêbado como um gambá, Huxley, meu velho, mais bêbado que dois gambás."

"Vá embora", Acton sussurrou, oprimido, sem emitir som.

"Huxley, você está aí dentro, eu ouço você *respirando*!", gritou a voz embriagada.

"Sim, estou aqui", sussurrou Acton, sentindo-se desajeitado, esticado, esparramado sobre o chão, desajeitado e frio e silencioso. "Sim."

"Droga!", disse a voz, desaparecendo na neblina. Os passos se afastaram arrastados. "Droga..."

Acton ficou um longo tempo sentindo o coração vermelho bater dentro dos olhos fechados; dentro da cabeça. Quando finalmente abriu os olhos, olhou para a parede nova e intocada bem diante de si e finalmente teve coragem de falar.

"Tolo", ele disse. "Esta parede está impecável. Não vou tocá-la. Tenho de me apressar. Tempo, tempo. Somente algumas horas até que aqueles malditos amigos idiotas se intrometam aqui!"

Afastou-se.

Com o canto dos olhos viu as pequenas teias. Ao virar as costas, as pequenas aranhas saíram do madeiramento e delicadamente teceram suas teias frágeis e semi-invisíveis. Não sobre a parede à sua esquerda, que já estava totalmente limpa, mas sobre as três outras paredes ainda intocadas. Cada vez que ele olhava direto para elas, as aranhas se recolhiam ao madeiramento, rodopiando de volta à parede quando ele se afastava.

"Essas paredes estão boas", ele insistiu quase gritando. "Eu não vou *tocá-las*!"

Foi até uma escrivaninha em que Huxley havia se sentado mais cedo. Abriu uma gaveta e tirou o que estava procurando. Uma pequena lupa que Huxley às vezes usava para ler. Pegou a lente de aumento e aproximou-se da parede, incomodado.

Digitais.

"Mas essas não são minhas!" Riu hesitante. "Eu *não* as coloquei ali! Tenho *certeza* de que não coloquei! Talvez um serviçal, um mordomo ou uma empregada!"

A parede estava cheia delas.

"Veja esta aqui", disse. "Longa e adelgaçada, de mulher, aposto meu dinheiro."

"Aposta mesmo?"

"Aposto!"

"Tem certeza?"

"Sim!"

"Positivo?"

"Bem, sim."

"Sem sombra de dúvida?"

"Sim, dane-se; sim!"

"Limpe-a, por via das dúvidas, por que não?"

"Ali, meu Deus!"

"Fora mancha desgraçada, hein, Acton?"

"E esta aqui", zombou Acton. "Esta é a digital de um homem gordo."

"Tem certeza?"

"Não *comece* de novo!", ele se impacientou e a removeu. Tirou uma das luvas e suspendeu a mão, tremendo, na luz intensa.

"Olhe só, seu idiota! Veja como são as espirais. Veja."

"Isso não prova nada!"

"Ah, tudo bem!"

Enfurecido, ele esfregou a parede para cima e para baixo, para trás e para a frente, com as mãos enluvadas, suando, grunhindo, xingando, abaixando, levantando e ficando mais vermelho.

Tirou o paletó, colocou-o sobre uma cadeira.

"Duas horas", disse, terminando a parede, fuzilando para o relógio.

Caminhou até a fruteira e tirou as frutas de cera e lustrou as que estavam no fundo e as colocou de volta, e lustrou a moldura do quadro.

Olhou para cima, para o candelabro.

Seus dedos se contorciam de cada lado do corpo.

A boca se abriu e a língua se moveu ao longo dos lábios e ele olhou para o candelabro e desviou o olhar e olhou de novo para o candelabro e olhou para o corpo de Huxley e depois para o candelabro de cristal, com suas compridas gotas de vidro irisado.

Pegou uma cadeira e a trouxe para debaixo do candelabro e colocou um pé sobre ela e tirou o pé e, rindo, jogou violentamente a cadeira em um canto. Então, saiu correndo da sala, deixando uma parede sem limpar.

Na sala de jantar, aproximou-se de uma mesa.

"Quero lhe mostrar meu faqueiro gregoriano, Acton", Huxley havia dito. Ah, aquela voz descontraída, *hipnótica*!

"Não tenho tempo", disse Acton. "Tenho de ver Lily..."

"Bobagem, veja esta prata, este trabalho delicado."

Acton parou do outro lado da mesa, onde as caixas de faqueiros estavam dispostas, ouvindo de novo a voz de Huxley, lembrando-se de todos os toques e gestos.

Agora Acton enxugava os garfos e as colheres e descia da parede todas as placas e os pratos especiais de cerâmica...

"Eis aqui uma adorável peça de cerâmica de Gertrude e Otto Natzler, Acton. Você conhece o trabalho deles?"

"É adorável."

"Pegue. Vire. Veja a espessura delicada da tigela, modelada à mão em um torno, fina como casca de ovo, incrível. E a surpreendente vitrificação vulcânica. Manuseie, *vá em frente*. Não me importo."

"MANUSEIE. VÁ EM FRENTE. PEGUE!"

Acton soluçava incontrolavelmente. Jogou a cerâmica na parede. Ela quebrou e se espalhou, despedaçando-se desordenadamente sobre o chão.

Um instante depois, estava de joelhos. Cada pedaço, cada caco precisava ser encontrado. "Tolo, tolo, tolo!" — gritava para si, balançando a cabeça e fechando e abrindo os olhos e se debruçando sobre a mesa. "Encontre todos os pedaços, idiota, nem um fragmento deve ficar para trás. Tolo, tolo!" Ele os reuniu. "Estão todos aqui?" Olhou para eles sobre a mesa diante de si. Olhou novamente debaixo da mesa e sob as cadeiras e os aparadores e, acendendo um fosfóro, encontrou mais um pedaço, e começou a lustrar cada pequeno fragmento como se fosse uma pedra preciosa. Colocou-os todos arrumados sobre a reluzente mesa lustrada.

"Uma adorável peça de cerâmica, Acton. Vá em frente — *manuseie*."

Ele tirou a toalha e limpou-a e limpou as cadeiras e a mesa e as maçanetas e os caixilhos das janelas e os peitoris e as cortinas e as bordas e limpou o chão e chegou à cozinha, ofegando, respirando com violência, e tirou o colete e ajustou as luvas e limpou o cromo faiscante... "Quero mostrar minha casa para você, Acton", disse Huxley. "Venha comigo..." E limpou todos os utensílios e as torneiras de prata e as tigelas de misturar, pois já havia esquecido o que tinha tocado e o que não tinha. Huxley e ele haviam se demorado ali, na cozinha, Huxley orgulhoso de seu acervo, encobrindo o nervosismo pela presença de um assassino em potencial, talvez querendo estar perto das facas caso fossem necessárias. Eles haviam se demorado, tocado isso, aquilo, mais aquilo — não havia recordação do que ou do quanto ou de quantos —, e ele terminou a cozinha e veio pelo corredor até a sala onde estava Huxley.

Deu um grito.

Havia esquecido de limpar a quarta parede da sala! E, enquanto estava fora, as pequenas aranhas tinham vindo da quarta parede que não fora limpa e enxameado as paredes já limpas, sujando-as novamente! Nos tetos, descendo do candelabro, nos cantos, no chão, pendiam um milhão de pequenas teias espiraladas que ondearam ao grito dele! Minúsculas, minúsculas teiazinhas, não maiores que, ironicamente, seu... dedo!

Enquanto observava, as teias eram tecidas sobre a moldura do quadro, a fruteira, o corpo, o chão. Impressões digitais empunhavam a espátula de papel, abriam gavetas, tocavam o tampo da mesa, tocavam, tocavam; tocavam tudo, em toda parte.

Ele lustrava o chão enlouquecidamente, enlouquecidamente. Revirava o corpo e chorava sobre ele, enquanto o limpava, e levantou e andou e lustrou as frutas no fundo da fruteira. Então colocou uma cadeira debaixo do candelabro e subiu e lustrou cada pequeno brilho que dele pendia, sacudindo-o como um pandeiro de cristal até que balançasse no ar como um sino. Então saltou da cadeira e agarrou as maçanetas e subiu em outras cadeiras e esfregou as paredes cada vez mais alto e correu para a cozinha e pegou uma vassoura e removeu as teias do teto e lustrou as frutas no fundo da fruteira e limpou o corpo e as maçanetas e a prataria e chegou ao corrimão do hall e seguiu até o andar de cima.

Três horas! Por toda parte, com uma feroz intensidade mecânica, relógios tiquetaqueavam! Havia doze cômodos no andar de baixo e oito em cima. Ele calculou os metros e metros de espaço e o tempo necessários. Cem cadeiras, seis sofás, vinte e sete mesas, seis rádios. E embaixo e em cima e atrás. Aos arrancos, afastou móveis de paredes e, soluçando, esfregou-os até limpá-los da poeira de anos, e cambaleou e seguiu o corrimão escada acima, para cima, apalpando, raspando, esfregando, polindo, porque se deixasse uma pequena digital ela iria se reproduzir e fazer mais um milhão delas! — e o trabalho teria de ser feito todo de novo e agora eram quatro horas! — e seus braços doíam e os olhos estavam inchados e fixos e ele se movia com lentidão, sobre pernas estranhas, a cabeça abaixada, os braços se movimentando, esfregando e friccionando, quarto por quarto, armário por armário...

Encontraram-no às seis e meia da manhã.

No sótão.

A casa inteira estava um brinco. Vasos cintilavam como estrelas de vidro. Cadeiras luziam. Bronzes, latões e cobres fulguravam. Chãos faiscavam. Corrimãos reluziam.

Tudo resplandecia. Tudo brilhava, tudo estava radiante!

Encontraram-no no sótão, lustrando os velhos baús e as velhas molduras e as velhas cadeiras e os velhos carrinhos de bebê e brinquedos e caixas de música e vasos e faqueiros e cavalinhos de balanço e empoeiradas moedas da Guerra Civil. Ele havia limpado metade do sótão quando o policial chegou por trás dele com uma arma.

"Pronto!"

No caminho de saída da casa, Acton lustrou a maçaneta da entrada com o lenço e bateu a porta triunfante!

O DRAGÃO

A NOITE SOPRAVA na grama curta do pântano; não havia nenhum outro movimento. Anos se passaram sem que um único pássaro tivesse voado na grande concha cega do céu. Muito tempo atrás, um punhado de pequenas pedras havia simulado vida quando se despedaçaram e se transformaram em pó. Agora, apenas a noite se movia nas almas dos dois homens curvados ao lado de sua solitária fogueira na desolação; a escuridão corria calmamente em suas veias e pulsava silenciosamente em suas têmporas e pulsos.

A luz da fogueira dançava para cima e para baixo em seus rostos selvagens e transbordava em seus olhos, em fiapos alaranjados. Eles ouviam a fraca respiração fria um do outro, e o piscar de lagarto de suas pálpebras. Finalmente, um dos homens atiçou o fogo com a espada.

"Não faças isso, idiota; vais nos denunciar."

"Não importa", disse o segundo homem. "O dragão pode sentir nosso cheiro a quilômetros de distância, de qualquer jeito. Por Deus, está frio. Gostaria de estar de volta ao castelo."

"É da morte, e não de sono, que estamos atrás..."

"Por quê? Por quê? O dragão nunca põe o pé na cidade!"

"Silêncio, tolo! Ele devora homens que viajam sozinhos de nossa cidade para outra!"

"Deixemos que sejam comidos e voltemos para casa!"

"Agora espera; ouve!"

Os dois homens ficaram paralisados.

Esperaram um longo tempo, mas havia apenas o sacudir da pelagem nervosa de seus cavalos, como pandeiros de veludo tilintando as fivelas dos arreios, suavemente, suavemente.

"Ah", suspirou o segundo homem. "Que terra de pesadelos. Tudo acontece aqui. Alguém apaga o sol; é noite. E então, e então, ah, doce mortalidade, ouve! Este dragão, dizem que seus olhos são fogo. Seu hálito, um gás branco; pode-se vê-lo atravessar em chamas as terras escuras. Ele corre com enxofre e estrondo e ateia fogo à grama. As ovelhas entram em pânico e morrem loucas. As mulheres dão à luz monstros. A fúria do dragão é tal que as paredes da torre viram pó. Suas vítimas, ao alvorecer, ficam espalhadas aqui e ali, sobre as colinas. Quantos cavaleiros, eu pergunto, partiram no encalço desse monstro e falharam, assim como também poderemos falhar?"

"Chega disso!"

"Passou da conta! Lá fora, nesta desolação, não sei dizer em que ano estamos!"

"Novecentos anos desde a Natividade."

"Não, não", sussurrou o segundo homem, os olhos fechados. "Neste pântano não existe Tempo, só existe a Eternidade. Acho que se eu voltasse correndo pela estrada, a cidade teria desaparecido, as pessoas ainda não nascidas, as coisas mudadas, os castelos ainda pedreiras, as madeiras ainda não cortadas das florestas; não perguntes como sei; o pântano sabe e me conta. E aqui estamos sentados sozinhos, na terra do dragão de fogo, que Deus nos proteja!"

"Se estás com medo, coloca a armadura!"

"De que adianta? O dragão aparece do nada; não podemos adivinhar onde ele mora. Ele desaparece na fumaça; não sabemos para onde vai. Deveras, com nossa armadura, morreremos bem vestidos."

Com o colete de prata meio vestido, o segundo homem parou novamente e virou a cabeça.

Do outro lado do campo mal iluminado, cheio de noite e nada, vindo do coração do próprio pântano, chegava o vento cheio da areia que usavam para marcar o tempo. Havia sóis negros queimando no coração desse vento novo e um milhão de folhas queimadas, arrancadas de alguma árvore de outono além do horizonte. O vento desmanchava paisagens, espichava ossos como cera branca, fazia o sangue rodar e engrossar até virar um precipitado lamacento no cérebro. O vento era mil almas morrendo e todo o Tempo confundido e em trânsito. Era uma fumaça dentro de um círculo de neblina dentro de uma escuridão, e este lugar era um lugar de ninguém e não havia nem ano nem hora, mas apenas esses homens no vazio sem rosto de repentina geada, tempestade e branco trovão que se movia por trás da grande vidraça cadente de vidro verde que era o relâmpago. Uma tromba d'água encharcou a grama; tudo desapareceu até que houve um silêncio sem respiração e os dois homens esperando sozinhos com o calor de seus corpos em uma estação fria.

"Lá", cochichou o primeiro homem. "Oh, *lá*..."

A quilômetros de distância, precipitando-se com um grande chamado e um rugido... o dragão.

Em silêncio, os homens afivelaram suas armaduras e montaram em seus cavalos.

A desolação da meia-noite era rompida por um jorro monstruoso, enquanto o dragão chegava mais perto, mais perto; seu olhar amarelo resplandecente projetava-se acima de uma colina e então, dobra a dobra do corpo escuro, visto à distância, portanto indistinto, coleou por sobre aquela colina e mergulhou desaparecendo em um vale.

"Rápido!"

Eles esporearam os cavalos avançando até um pequeno vale.

"É aqui que ele passa!"

Agarraram suas lanças com os punhos cobertos de malha metálica e cegaram os cavalos puxando as viseiras por sobre os olhos deles.

"Deus!"

"Sim, usemos o nome d'Ele."

Naquele instante, o dragão circundou uma colina, seus monstruosos olhos âmbar pousaram sobre eles, acendendo faíscas e brilhos vermelhos em suas armaduras. Com um grito estridente e terrível e uma fúria rangente avançou.

"Piedade, piedade!"

A lança se enfiou debaixo do olho amarelo sem pálpebra, entortou, atirou o homem pelos ares. O dragão atingiu-o, derrubou-o no chão, esmigalhou-o. Ao passar, o peso negro de seu ombro esmagou o que restava do cavalo e do cavaleiro, arrastando-os por trezentos metros contra a lateral de um rochedo, gritando, gritando, um grito agudo, o fogo por toda parte, em volta, sob ele, um fogo de sol róseo, amarelo, laranja com grandes colunas de fumaça cegante.

"*Viu* isso?", gritou uma voz. "Exatamente como lhe contei!"

"A mesma coisa! A mesma coisa! Um cavaleiro de armadura, macacos me mordam! Nós o *atingimos*!"

"Você vai parar?"

"Parei uma vez; não encontrei nada. Não gosto de parar neste pântano. Me dá calafrios. Tenho impressão que..."

"Mas atingimos alguma coisa!"

"Apitei bastante para ele; o sujeito nem se mexeu!"

Uma explosão de vapor abriu a neblina.

"Vamos conseguir chegar a Stokely a tempo. Mais carvão, hein, Fred?"

Um outro assovio fez cair orvalho do céu vazio. O trem noturno, em fogo e fúria, lançou-se através de uma valeta, subiu e desapareceu ao longe, por sobre a terra fria, em direção ao norte, deixando fumaça negra e vapor se dissolvendo no ar entorpecido minutos depois de ter passado e ir-se para sempre.

O PEDESTRE

PENETRAR NO SILÊNCIO que era a cidade, às oito horas de uma nevoenta noite de novembro, pôr os pés na calçada de concreto irregular, trincas onde a grama nasceu e seguir de mãos nos bolsos através de silêncios, isso era o que o sr. Leonard Mead adorava fazer. Ele ficaria na esquina de um cruzamento olhando extensas avenidas de calçadas indo em quatro direções, iluminadas pela lua, decidindo qual seguir, embora não fizesse realmente nenhuma diferença, ele estava sozinho nesse mundo do ano de 2053, ou como se estivesse, e com uma decisão final tomada, no caminho escolhido, ele andaria com passos largos, formando desenhos de ar gelado à sua frente, como a fumaça de um charuto.

Às vezes, ele caminhava durante horas e quilômetros e retornava, só à meia-noite, para sua casa. E no seu percurso veria os chalés e as casas com suas janelas escuras, e não parecia diferente de caminhar através de um cemitério, onde apenas a tênue luz bruxuleante de vaga-lumes surgia em lampejos atrás das janelas. Repentinos fantasmas cinzentos se manifestavam dentro das paredes dos cômodos onde uma cortina permanecia fechada contra a noite, ou se ouviam sussurros e murmúrios onde uma janela em um prédio tumular ainda estava aberta.

O sr. Leonard Mead faria uma pausa, aprumaria a cabeça, ouviria, olharia e iria embora sem fazer barulho na calçada irregular. Fazia muito tempo ele sabiamente havia decidido usar tênis para sair à noite, porque os cães, em intermitentes esquadrões, cercariam sua caminhada de latidos se ele usasse sapatos comuns e as luzes poderiam se acender e rostos apareceriam e uma rua inteira se sobressaltaria com a passagem de uma criatura solitária, ele próprio, em uma noite do início de novembro.

Nessa noite em particular, ele iniciou sua caminhada rumo a oeste, na direção do mar escondido. Havia uma geada cristalina no ar; ela invadiu seu nariz e fez os pulmões luzirem como uma árvore de Natal interna, dava para sentir a luz fria piscando, todos os galhos cobertos de neve invisível. Ele ouvia a pressão de seus sapatos macios sobre as folhas de outono prazerosamente e assoviava uma melodia fria e suave por entre os dentes, pegando uma folha ocasionalmente enquanto ia passando, examinando seu desenho esquelético sob a luz de uma ou outra lâmpada, à proporção em que se deslocava, sentindo seu odor ferruginoso.

"Ó de casa!", ele murmurava para cada casa por onde passava. "O que está passando no canal 4, no canal 7, no canal 9? Para onde estão indo os caubóis, posso ver a cavalaria, na próxima colina, pronta para entrar em ação?"

A rua era silenciosa, comprida e vazia, só havia a sombra dele movendo-se como a sombra de um falcão no meio do campo. Se ele fechasse os olhos e ficasse imóvel, enregelado, poderia se ver no centro de uma planície, um invernal deserto americano, sem vento, sem uma só casa por centenas de quilômetros, e apenas leitos secos de rios, as ruas por companhia.

"E agora?", ele perguntava às casas olhando seu relógio de pulso. "Oito e meia da noite? Hora de uma dúzia de assassinatos sortidos? Um programa de perguntas e respostas? Um comediante caindo do palco?"

Aquilo era o som de uma risada saindo da casa cor de lua? Ele hesitou, mas retomou a caminhada quando nada mais aconteceu. Tropeçou em uma região particularmente irregular da calçada. O concreto estava desaparecendo sob flores e grama. Em dez anos de caminhada à noite ou durante o dia, por milhares de milhas, ele nunca havia encontrado outra pessoa, nem mesmo uma única vez.

Ele chegou a um trevo silencioso onde duas rodovias principais cortavam a cidade. Durante o dia, o cruzamento era uma tonitruante onda de carros, postos de gasolina abertos, um imenso ruge-ruge de insetos, um incessante vaivém em manobras de posicionamento como um bando de besouros, um cheiro fraco de incenso saindo dos escapamentos chegava à superfície indo em direção aos lares distantes. Mas agora essas rodovias também pareciam ribeiros em uma estação seca, só brilho de pedra, leito e lua.

Ele virou em uma rua lateral, fazendo meia-volta em direção à sua casa. Estava a uma quadra de seu destino quando um carro solitário dobrou a esquina repentinamente e jogou um violento cone de luz branca sobre ele. Ele ficou estatelado, não muito diferente de uma mariposa noturna, atordoada pela luz e então atraída por ela.

Uma voz metálica disse a ele:

"Parado. Fique onde está, não se mexa!"

Ele se deteve.

"Mãos ao alto!"

"Mas...", ele disse.

"Mãos para cima! Ou atiramos!"

A polícia, claro, mas que coisa rara e incrível; em uma cidade de três milhões de habitantes, havia apenas *um* único carro de polícia! Desde 2052, um ano antes, ano de eleição, a força havia sido reduzida de três carros para um. A criminalidade estava declinando; não havia mais necessidade de polícia, exceto por esse único e solitário carro vagando e vagando pelas ruas vazias.

"Qual o seu nome?", disse o carro de polícia com um sussurro metálico. Ele não conseguia ver os homens dentro do carro devido ao forte clarão em seus olhos.

"Leonard Mead", ele disse.

"Fale alto!"

"Leonard Mead!"

"Ocupação ou profissão?"

"Acho que poderiam me chamar de escritor."

"Sem profissão", disse o carro de polícia, como se falasse para si próprio. A luz o mantinha estático, como um espécime em um museu, alfinete traspassado no peito.

"Pode-se dizer que sim", disse o sr. Mead. Ele não escrevia fazia muitos anos. Revistas e livros não tinham mais muita saída. *Todas as coisas seguiam seu rumo nas casas sepulcrais, agora à noite,* ele pensou, prosseguindo em sua fantasia.

Os sepulcros mal iluminados pela luz dos televisores onde as pessoas se sentavam, como os mortos, com as luzes cinza ou multicoloridas tocando seus rostos, mas nunca realmente *as* tocando.

"Sem profissão", sibilou a voz fonográfica. "O que o senhor está fazendo aqui fora?"

"Caminhando", disse Leonard Mead.

"Caminhando!"

"Só caminhando", ele disse simplesmente, mas o rosto ficou gelado.

"Caminhando, só caminhando, caminhando?"

"Sim, senhor."

"Caminhando aonde? Para quê?"

"Caminhando para tomar ar. Caminhando para ver."

"Seu endereço!"

"Rua Saint-James, sul, número 11."

"E tem *ar* em sua casa, o senhor tem *um aparelho de ar-condicionado*, senhor Mead?"

"Sim."

"E o senhor tem uma tela-visor em sua casa para ver as coisas?"

"Não."

"Não?"

Houve um silêncio estrepitoso que era por si só uma acusação.

"O senhor é casado, senhor Mead?"

"Não."

"Não é casado", disse a voz policial detrás do feixe ofuscante. A lua era alta e clara entre as estrelas e as casas eram cinza e silenciosas.

"Ninguém me quis", disse Leonard Mead com um sorriso.

"Não fale, a não ser que lhe dirijam a palavra!"

Leonard Mead esperou na noite fria.

"Só *caminhando*, senhor Mead?"

"Sim."

"Mas o senhor não explicou com que finalidade."

"Expliquei, para tomar ar, e ver as coisas, e caminhar apenas."

"O senhor faz isso frequentemente?"

"Toda noite, há vários anos."

O carro de polícia permanecia no meio da rua zumbindo fracamente com sua garganta radiofônica.

"Bem, senhor Mead", disse o carro.

"Isso é tudo?", ele perguntou educadamente.

"Sim", disse a voz. "Aqui."

Houve um suspiro, um estalo. A porta de trás do carro de polícia escancarou-se.

"Entre."

"Espere aí, eu não fiz nada!"

"Entre."

"Eu protesto!"

"Senhor Mead."

Ele andava como um homem repentinamente embriagado. Ao passar pela janela da frente do carro, olhou para dentro. Conforme esperava, não havia ninguém no banco da frente, ninguém em todo o carro.

"Entre."

Ele pôs a mão na porta e examinou o banco traseiro, uma pequena cela, um carcerezinho negro com barras. Tinha cheiro de aço rebitado, cheiro de antisséptico acre, cheiro de limpo demais, duro e metálico. Não havia nada suave ali.

"Se o senhor pelo menos tivesse uma esposa para lhe servir de álibi", disse a voz férrea. "Mas..."

"Aonde estão me levando?"

O carro hesitou, ou melhor, deu um fraco estalido, como se a informação, em algum lugar, estivesse chegando através de cartão perfurado sob olhos elétricos.

"Ao Centro Psiquiátrico de Pesquisa em Tendências Regressivas."

Ele entrou. A porta se fechou com um baque surdo. O carro de polícia rodou pelas avenidas da noite, projetando suas luzes fracas.

Passaram por uma casa em uma rua, logo em seguida, uma casa em toda a cidade de casas escuras, essa casa em particular tinha todas as suas luzes elétricas brilhantemente acesas, cada janela uma iluminação amarela, quadrada e morna na escuridão fria.

"Aquela é a *minha* casa", disse Leonard Mead.

Ninguém respondeu.

O carro desceu as ruas vazias como leitos de rio e foi embora, deixando as ruas vazias, com calçadas vazias, e nenhum som e nenhum movimento por todo o resto da fria noite de novembro.

O ALÇAPÃO

CLARA PECK JÁ VIVIA fazia uns dez anos na velha casa quando fez a estranha descoberta. Na escada, a meio caminho do segundo andar, no teto do patamar...

O alçapão.

"Meu Deus!"

Ela ficou petrificada no meio da escada, observando aquela surpresa, desafiando sua existência.

"Não pode ser! Como posso ter sido tão cega? Puxa vida! Tem um sótão na minha casa!"

Ela havia subido e descido a escada milhares de vezes e nunca havia visto nada.

"Que idiota."

E ela quase caiu ao tentar descer a escada, esquecida do motivo que a havia levado a subi-la.

Antes do almoço ela voltou ao local onde estava o alçapão e, como uma criança nervosa, de pele e cabelos descorados, alta e magra, de olhos excessivamente brilhantes, faiscantes, fixos, dardejantes.

"Agora que descobri essa coisa, o que *faço* com ela? Aposto que é um depósito lá em cima. Bem..."

E afastou-se, meio perturbada, sentindo que sua mente escorregava em direção a uma zona nebulosa.

"Mande tudo isso para o inferno, Clara Peck!", exclamou enquanto passava o aspirador na sala. "Você só tem cinquenta e sete anos. Ainda não está caduca, Deus meu!"

Mas, mesmo assim, como é que ela nunca *notara*?

Era a qualidade do silêncio, com certeza. O telhado não tinha nenhuma goteira, ela nunca ouvira a água pingando no forro, as altas vigas nunca haviam rangido com o vento e também não havia ratos na casa. Se houvesse um murmúrio de goteiras, estalidos de vigas, ou se os ratos dançassem no sótão, ela teria olhado para cima e descoberto o *alçapão*.

Mas a casa permanecera silenciosa e ela permanecera cega.

"Besteira!", ela exclamou, na hora do jantar.

Lavou a louça, leu até as dez, foi deitar cedo.

Foi durante aquela noite que escutou as primeiras batidas telegráficas, fracas, os primeiros arranhões lá em cima, atrás da face pálida, lunar, inexpressiva do forro.

Meio adormecida, murmurou: "Rato?".

Logo depois já era de manhã.

***

Enquanto descia as escadas para ir preparar o café da manhã, ela olhava o alçapão com seu olhar firme de menina e sentiu seus frios dedos se contraírem, agarrando o corrimão.

"Droga", ela resmungou. "Por que me preocupar em dar uma olhada num sótão vazio. Talvez na próxima semana."

Durante os três dias seguintes, o alçapão desapareceu.

Isto é, ela se esqueceu de olhar para ele. Foi como se não estivesse lá.

Mas, por volta da meia-noite da terceira noite, ela ouviu o som dos ratos ou dos sei-lá-o-quê estendendo-se ao longo do forro do seu quarto como fantasmas de algodãozinho-do-campo, tocando as perdidas superfícies da Lua.

Dessa imagem estranha ela passou a sementes de amaranto ou de dente-de-leão ou poeira pura sacudida do peitoril da janela do sótão.

Ela pensou em dormir, mas não conseguiu.

Deitada de costas em sua cama, ela observava o teto tão fixamente que poderia radiografar o que quer que estivesse pulando por detrás do reboco.

Um circo de pulgas? Uma tribo de ratos ciganos fugindo da casa do vizinho? Várias casas tinham sido recentemente cobertas, de tal forma que pareciam escuras tendas de circo, para que os exterminadores pudessem nelas introduzir bombas mortais e depois correr, matando a vida secreta que ali existia.

A vida secreta, muito provavelmente, fizera as malas e fugira. Pensão-Sótão de Clara Peck, refeições gratuitas. Essa era sua nova casa, longe de casa.

Entretanto...

Enquanto ela fixava o olhar no teto, os sons recomeçaram. Eles se agrupavam em diversos padrões, através da fronte ampla do teto; unhas longas que, arranhando, iam de um canto a outro da câmara fechada acima.

Clara Peck conteve a respiração.

O barulho aumentava. As leves pegadas começaram a se concentrar em uma área acima e atrás da porta do seu quarto. Era como se as minúsculas criaturas, seja lá o que fossem, estivessem cavando uma outra porta secreta acima para saírem.

Vagarosamente, Clara Peck sentou-se na cama e, vagarosamente, deixou seu peso cair no assoalho para que ele não rangesse. Vagarosamente abriu a porta do quarto. Espreitou o corredor iluminado pela luz fria da lua cheia que inundava a janela do patamar, mostrando-lhe...

O alçapão.

Agora, como se convocados pelo calor dela, os sons dos fantasmagóricos pezinhos lá em cima corriam para determinado ponto, pressionando as beiradas do alçapão.

Santo Deus!, pensou Clara Peck. *Eles me ouvem. Eles querem que eu...*

O alçapão trepidava suavemente com o pequeno peso balouçante daquela coisa que ali estava sussurrando.

E os invisíveis pés de aranha ou de roedores de pelo encaracolado, ou de jornais velhos e amarelados, cada vez mais faziam barulho e tocavam o batente de madeira.

Cada vez mais alto.

Clara estava a ponto de gritar: "Vão embora! Fora!".

Então o telefone tocou.

"Droga!", disse Clara Peck ofegante.

Ela sentiu uma tonelada de sangue descer pelo corpo, como um peso morto esmagando os dedos dos pés.

"Droga!"

Ela correu para agarrar, levantar e estrangular o telefone.

"Quem é!?", gritou.

"Clara! É Emma Crowley! O que está acontecendo aí?"

"Santo Deus!", gritou Clara. "Você quase me matou de susto! Emma, por que está me ligando tão tarde?"

Houve um longo silêncio até que a mulher do outro lado da cidade recuperasse o fôlego.

"É uma tolice, eu não conseguia dormir. Tive um pressentimento."

"Emma..."

"Não, me deixe falar. De repente pensei: Clara não está bem ou está ferida, ou..."

Clara Peck afundou-se na beirada da cama, o peso da voz de Emma empurrando-a para baixo. Com os olhos fechados, balançou a cabeça.

"Clara", disse Emma a milhares de quilômetros de distância, "você *está bem*?"

"Tudo bem", disse Clara finalmente.

"Não está doente? A casa não está pegando fogo?"

"Não, não. Não."

"Graças a Deus. Bobagem minha. Me desculpa?"

"Desculpo."

"Bem, então... boa noite."

E Emma Crowley desligou.

Clara Peck continuou sentada olhando para o fone por um minuto inteiro, ouvindo o sinal de que alguém havia desligado. E então, finalmente, colocou o fone no gancho, às cegas.

Ela voltou ao corredor para olhar o alçapão.

Tudo estava quieto. Apenas um desenho de folhas através da janela tremulava e batia na moldura de madeira.

Clara piscou para o alçapão.

"Vocês se acham *espertos*, não é?", ela disse.

Não houve mais sons de rondas, danças, murmúrios ou pavanas de ratos durante o resto daquela noite.

***

Os sons voltaram três noites depois e eram... mais fortes.

"Não são *camundongos*", disse Clara Peck. "*Ratazanas* bem nutridas, hein?"

Em resposta, iniciou-se um balé intrincado, em ziguezague e sem música. Esse sapateado, de um tipo peculiar, continuou até a lua desaparecer. Então, logo que tudo escureceu, a casa ficou silenciosa e só Clara Peck retomou o fôlego e a vida.

No final da semana, os padrões dos sons ficaram mais geométricos. Os sons ecoavam em cada cômodo do andar superior, no quarto de costura, no velho quarto de dormir e na biblioteca, onde algum antigo morador certa vez havia virado as páginas e contemplado um mar de castanheiras.

Na décima noite, de olhos arregalados e lívida, com os sons agora transformados em um rufar de tambores e estranhas sincopadas às três da manhã, Clara Peck agarrou, com a mão suada, o telefone para ligar para Emma Crowley.

"Clara! Eu *sabia* que você ia me ligar."

"Emma, são três da manhã. Você não está surpresa?"

"Não, eu estava aqui deitada pensando em você. Pensei em lhe telefonar, mas me senti uma tola. Algo está *errado*, não é mesmo?"

"Emma, responda-me uma coisa. Uma casa tem um sótão vazio durante anos e, de repente, passa a ter um sótão *cheio* de coisas. Como se explica isso?"

"Eu não sabia que você *tinha* um sótão..."

"Nem *eu*! Ouça, o barulho, no início, parecia ser de camundongos, depois de ratos e, agora, deve ser de gatos correndo lá em cima. O que eu faço?"

"O telefone da firma exterminadora de ratos é... espere. Aqui está. Sete-sete-nove-nove. Você tem *certeza* de que há alguma coisa no seu sótão?"

"Toda a maldita equipe de corrida do colégio!"

"Quem morava na sua casa, Clara?"

"Quem?..."

"O que eu quero dizer é que o sótão esteve limpo todo o tempo, certo, e agora, bem, está *infestado*. Alguém já morreu nessa casa?"

"Morreu?"

"Claro, se alguém morreu aí talvez não sejam *ratos* o que você tem no sótão."

"Você está tentando me dizer... fantasmas?"

"Você não acredita?"

"Em fantasmas ou nos assim chamados amigos que tentam me aterrorizar falando deles? Não me ligue mais, Emma!"

"Mas foi *você* que me ligou!"

"Desligue, Emma!"

Emma Crowley desligou.

Às três e quinze daquela fria madrugada, Clara Peck avançou devagar pelo corredor, parou por alguns instantes e, então, apontou para o teto como se o provocasse.

"Fantasmas?", murmurou.

As dobradiças do alçapão, perdidas na noite lá em cima, lubrificavam-se com o vento.

Clara Peck virou-se lentamente e entrou no quarto e, consciente de cada movimento, deitou-se na cama.

Acordou às quatro e vinte da madrugada porque uma rajada de vento sacudira toda a casa.

Lá no corredor, seria possível?

Ela se retesou toda, apurou os ouvidos.

Muito devagar, muito suavemente, o alçapão no forro da escada rangeu.

E escancarou-se.

Não é possível!, ela pensou.

A portinhola foi arremessada para trás, para dentro e para baixo, com uma pancada.

É possível!, ela pensou. *Não! Vou me certificar*, ela pensou.

Ela deu um pulo, correu, trancou a porta, pulou de volta na cama.

"Alô, Ratozero Ltda.!", ela ouviu sua própria voz, abafada sob as cobertas.

***

Quando desceu, às seis da manhã, sem ter dormido nada, ela manteve os olhos fixos à sua frente para não ter de enxergar aquele teto amedrontador.

No meio do caminho, olhou para trás e riu.

"Tolice!", exclamou.

Porque o alçapão não estava aberto de forma alguma.

Estava fechado.

"Ratozero Ltda.?", ela disse ao telefone, às sete e meia de uma radiante manhã.

***

Era meio-dia quando o caminhão da Ratozero Ltda. parou em frente à casa de Clara Peck.

Pelo andar insolente que o jovem técnico, sr. Timmons, exibia, desdenhosamente, Clara percebeu que ele sabia tudo, absolutamente tudo sobre camundongos, traças, velhas solteironas e sons estranhos tarde da noite. Quando se movia, ele olhava para o mundo ao seu redor com a elegante empáfia masculina do toureiro no centro da arena, ou do paraquedista que acaba de tocar o chão, ou do conquistador que acende o cigarro, de costas para a pobre criatura que está na cama com ele. Ao tocar a campainha, ele era o mensageiro de Deus. Quando Clara abriu a porta, quase a bateu na cara dele por causa do modo como os olhos dele penetravam nela através do vestido, da carne, dos pensamentos. O sorriso dele era o de um alcoólatra. Estava bêbado de si mesmo. Só havia uma coisa a fazer:

"Não fique aí parado!", ela gritou. "Faça alguma coisa útil!"

E girou nos calcanhares e se afastou da expressão chocada do homem. Ela olhou para trás a fim de verificar se tinha obtido o efeito desejado. Pouquíssimas mulheres tinham falado assim com ele. Ele estava examinando a porta. Então, curioso, entrou.

"Por aqui!", disse Clara.

Ela desfilou pelo corredor, subiu os degraus até o patamar, onde havia colocado uma escadinha de metal. Estendeu a mão para cima, apontando.

"O sótão é ali. Veja se consegue uma explicação razoável para esses malditos ruídos. E não me cobre nenhum extra quando acabar. Limpe os pés antes de descer. Eu tenho de sair para fazer compras. Posso confiar que o senhor não vai aproveitar minha ausência para me roubar?"

Ela podia perceber como cada provocação o desequilibrava. O rosto dele ficava vermelho. Seus olhos brilhavam. Antes que ele pudesse dizer qualquer coisa, ela desceu as escadas para pôr um casaco leve.

"O senhor conhece o barulho de camundongos num sótão?", perguntou Clara, olhando sobre o ombro.

"Claro! Conheço bem pra ca...", respondeu o homem.

"Dobre a língua! Conhece o de ratazanas também? Pode ser que sejam ratazanas ou um bicho maior. Qual é o maior animal que se pode encontrar num sótão?"

"Será que não tem guaxinins por aqui?"

"Como eles poderiam *entrar*?"

"A senhora não conhece sua própria casa?! Eu..."

Os dois ficaram em silêncio.

Ouviram um barulho no sótão.

Parecia, a princípio, um prenúncio de som. Depois um arranhão. E depois um som surdo como o de um coração batendo.

Timmons olhou de relance para o alçapão e grunhiu:

"Ei!"

Clara Peck assentiu e, satisfeita, calçou as luvas, ajeitou seu chapéu enquanto observava.

"O som parece...", falou arrastadamente o sr. Timmons.

"O quê?"

"Algum capitão do mar viveu antes nesta casa?", perguntou finalmente.

Ouviu-se de novo o som, agora mais alto. A casa inteira parecia mover-se e gemer com o peso daquilo que estava se mexendo acima.

"Parece barulho de carga." Timmons fechou os olhos para ouvir melhor. "Carga de um navio, deslocando-se quando o navio muda de curso." Ele caiu na gargalhada e abriu os olhos.

"Santo Deus!", disse Clara, tentando imaginar a cena.

"Por outro lado", disse o sr. Timmons com um meio sorriso em direção ao sótão, "a senhora tem uma estufa ou algo parecido lá em cima? Parece o som de plantas crescendo. Ou fermentação. Uma fermentação do tamanho de uma casa de cachorro que saiu de controle. Ouvi falar de um homem, uma vez, que cultivava fungos no porão. E..."

A porta da frente bateu.

Clara Peck, já do lado de fora da casa, irritada com as piadas dele, disparou:

"Volto em uma hora. Avie-se!"

Ouviu a risada dele seguindo-a pela calçada. Após uma pequena hesitação, voltou-se para olhar.

O idiota estava parado ao pé da escadinha de metal, olhando para cima. Então, deu de ombros e fez um gesto de "que-diabos-será-isso" e...

Subiu a escadinha, ágil como um marinheiro.

***

Quando Clara Peck voltou, uma hora mais tarde, viu que o caminhão da Ratozero Ltda. ainda permanecia estacionado silenciosamente junto ao meio-fio.

"Droga", disse ela. "Pensei que ele já tivesse acabado. Um homem esquisito desses invadindo a casa, xingando..."

Ela parou e ficou ouvindo a casa.

Silêncio.

"Estranho", ela murmurou.

"Senhor Timmons!?", ela gritou.

E, percebendo que ainda estava um pouco longe da porta escancarada da frente da casa, aproximou-se e gritou através da porta de tela.

"Alguém *em casa*?"

Passou pela porta e entrou em um silêncio como o que havia na casa nos velhos tempos, antes de os camundongos terem se transformado em ratazanas e as ratazanas em algo muito maior e mais sombrio no assoalho do sótão. Era um silêncio tão denso que, se alguém respirasse nele, seria sufocado. Ela inclinou-se para um lado, ao pé da escada, olhando para cima, segurando o pacote de compras nos braços como se fosse uma criança morta.

"Senhor Timmons...?"

A casa toda, entretanto, continuou em silêncio.

A escada portátil ainda estava esperando no patamar.

Mas o alçapão estava fechado.

Bem, ele, obviamente, não está lá em cima!, ela pensou. *Ele não iria subir e se fechar lá dentro. O idiota deve ter ido embora.*

Ela voltou-se, franzindo os olhos em direção ao caminhão, abandonado em plena luz do meio-dia.

O caminhão deve ter estragado, suponho. Ele foi buscar ajuda.

Deixou as compras na cozinha e, pela primeira vez em anos, sem saber por quê, acendeu um cigarro, fumou, acendeu outro e preparou um almoço barulhento, batendo as frigideiras e deixando o abridor de latas elétrico ligado.

A casa ouvia tudo isso e não dava nenhuma resposta.

Por volta das duas da tarde, o silêncio pesava sobre ela como uma nuvem de cera de assoalho.

"Ratozero Ltda.", ela disse enquanto discava o número.

O dono da firma chegou meia hora depois, de motocicleta, para buscar o caminhão abandonado. Tirando o boné, ele entrou para conversar com Clara Peck, olhar os cômodos vazios e avaliar o silêncio.

"Não esquenta, madame", disse finalmente. "Charlie tem se metido em bebedeiras ultimamente; quando ele aparecer amanhã será despedido. O que ele estava *fazendo* aqui?"

Então, ele deu uma olhada para os degraus da escadinha no patamar.

"Ah", disse Clara Peck, rapidamente, "ele estava apenas olhando... tudo."

"Eu mesmo virei amanhã", disse o proprietário da firma.

E enquanto ele se afastava na tarde, Clara Peck lentamente subiu os degraus para ficar mais próxima do teto e observar o alçapão.

"*Ele também* não viu você", ela murmurou.

Nenhum estalido de viga, nenhuma dança de camundongos no sótão.

Ela permaneceu estática, sentindo a luz do sol mudar de posição e entrar pela porta da frente.

"Por quê?", ela se perguntava. "Por que eu menti? Bem, uma coisa é certa, o alçapão está fechado, não é mesmo?"

E, não sei por quê, ela pensou, *mas não vou querer ninguém mais subindo esta escada, nunca mais. Não é uma tolice? Não é estranho?*

***

Jantou cedo, ouvidos em pé.

Lavou a louça, atenta.

Deitou-se às dez em ponto, mas no velho quarto de empregada, no andar térreo, sem uso já havia muito tempo. Por que motivo ela escolhera aquele quarto para dormir, ela não sabia, ela simplesmente o fez, e deitou-se lá, com os ouvidos doendo, sentindo a pulsação no pescoço e na fronte.

Dura como um túmulo entalhado sobre os lençóis, ela esperava.

Por volta da meia-noite, sentiu um vento passar por ela agitando o desenho de folhas em sua colcha. Seus olhos se arregalaram.

As vigas da casa tremiam.

Levantou a cabeça.

Alguma coisa sussurrava delicadamente no sótão.

Sentou-se na cama.

O som estava cada vez mais alto, mais pesado, como se um animal grande e disforme estivesse rondando pela escuridão do sótão.

Colocou os pés no chão e ficou olhando para eles. O barulho voltou, lá em cima, ao longe, ora ligeiro como o ruído de pés de coelho, ora surdo como a batida de um grande coração.

A HORA ZERO

Ah, ia ser tão animado. Que jogo! Havia anos eles não viam uma empolgação assim. As crianças catapultavam-se para lá e para cá pelos gramados verdes, gritando umas com as outras, dando as mãos, voando em círculos, subindo nas árvores, gargalhando. Acima, foguetes voando, e carros-besouros sussurrando pelas ruas, mas as crianças continuavam brincando. Tanta diversão, tanta alegria vibrante, tantos pulos e gritos vigorosos.

Mink entrou correndo na casa, toda suja e suada. Nos seus sete anos, ela era barulhenta e forte e decidida. Por pouco, sua mãe, a sra. Morris, não a viu puxar gavetas e enfiar panelas e ferramentas em um saco grande.

"Nossa, Mink, o que está acontecendo?"

"O jogo mais emocionante do mundo!", disse Mink ofegante, o rosto rosado.

"Pare e tome fôlego", disse a mãe.

"Não, estou bem", disse Mink. "Posso levar estas coisas , mãe?"

"Mas não as entorte", disse a sra. Morris.

"Obrigada, obrigada!", exclamou Mink e... zum!... foi saindo como um foguete.

A sra. Morris inquiriu a menina que escapulia.

"Qual é o nome do jogo?"

"Invasão!", disse Mink.

A porta bateu.

Em cada metro da rua, crianças traziam facas e garfos e atiçadores e velhos canos de fogão e abridores de lata.

O interessante é que essa fúria e alvoroço ocorriam apenas entre as crianças mais novas. As mais velhas, a maioria com dez anos ou mais, desdenhavam o assunto e marchavam zombeteiramente para longe, em caminhadas, ou brincavam entre si de uma versão mais nobre de esconde-esconde.

Enquanto isso, os pais chegavam e saíam em carros-besouros cromados. Os homens da manutenção chegaram para consertar os elevadores a vácuo em casas, reparar aparelhos de televisão fora do ar ou martelar teimosos cubos de entrega de alimentos. A civilização adulta ia e vinha em meio às crianças atarefadas, invejosa da energia feroz da molecada turbulenta, tolerantemente encantada com seu desabrochar, desejosa de se unir a elas.

"Isto e isto e *isto*", disse Mink, instruindo os outros com suas colheres e ferramentas sortidas. "Faça isso e traga *aquilo* para cá. Não! *Aqui*, bobo! Certo. Agora, volte enquanto eu arrumo isto." Língua nos dentes, cenho franzido de pensar. "Desse jeito. Viu?"

"Éeee!", gritaram as crianças.

Joseph Connors, de doze anos, subiu correndo.

"Vá embora", disse Mink a ele.

"Eu quero brincar", disse Joseph.

"Não pode!", disse Mink.

"Por que não?"

"Você ia zombar da gente."

"Acredite, não ia."

"Não. Nós conhecemos você. Vá embora ou vamos chutá-lo daqui."

Um outro menino de doze anos passou zumbindo em seus pequenos patins motorizados.

"Ei, Joe! Venha! Deixe esses mariquinhas brincarem!"

Joseph demonstrou relutância e uma certa tristeza.

"Eu quero brincar", ele disse.

"Você é velho", disse Mink firmemente.

"Não tão velho", disse Joe, com razão.

"Você só vai rir e estragar a Invasão."

O menino de patins motorizados fez um ruído mal-educado com os lábios.

"Venha, Joe! Esses mariquinhas! Bocós!"

Joseph se afastou devagar. Continuava olhando para trás, quarteirão abaixo.

Mink já estava novamente ocupada. Construiu uma espécie de aparato com os equipamentos que havia reunido. Entregou bloco e lápis a uma outra garotinha para fazer anotações em garatujas dolorosamente lentas. Suas vozes subiam e desciam à luz morna do sol.

Em torno deles, a cidade toda zumbia. As ruas eram ladeadas por árvores fortes, verdes e pacíficas. Somente o vento provocava conflito na cidade, no país, no continente. Em mil outras cidades havia árvores e crianças e avenidas, executivos em seus escritórios silenciosos, gravando suas vozes ou observando monitores. Foguetes passavam como agulhas de costura no céu azul. Havia a presunção e a despreocupação universais e cômodas de homens acostumados à paz, muito certos de que nunca mais haveria problemas de novo. De braços dados, homens por toda a Terra formavam uma frente unida. As armas perfeitas eram partilhadas igualmente por todas as nações. Uma situação de equilíbrio incrivelmente belo havia se estabelecido. Não havia traidores entre os homens. Ninguém infeliz, ninguém insatisfeito; portanto, o mundo era baseado em terreno estável. O sol iluminava metade do mundo, e as árvores dormitavam em uma onda de ar morno.

A mãe de Mink, de sua janela no andar de cima, olhava para baixo.

As crianças. Ela as observava e balançava a cabeça. Bom, elas comeriam bem, dormiriam bem e estariam na escola na segunda-feira. Abençoados sejam seus corpinhos vigorosos. Ela apurou os ouvidos.

Mink conversava energicamente com alguém perto da roseira — embora não houvesse ninguém ali.

Essas estranhas crianças. E a garotinha, como era o nome dela? Anna? Anna fazia anotações em um bloco. Primeiro, Mink fez uma pergunta à roseira, depois repetiu a resposta para Anna.

"Triângulo", disse Mink.

"O que é um tri", disse Anna com dificuldade, "ângulo?"

"Não importa", disse Mink.

"Como se soletra?", perguntou Anna.

"T-r-i...", soletrou Mink, devagar, depois perdeu a paciência: "Ah, soletre você mesma!" Passou a outras palavras.

"Viga", ela disse.

"Eu não escrevi tri", disse Anna, "ângulo ainda!"

"Bom, então depressa, depressa!", exclamou Mink.

A mãe de Mink se debruçou na janela do andar de cima.

"Â-n-g-u-l-o", ela soletrou de lá de cima para Anna.

"Ah, obrigada, senhora Morris", disse Anna.

"De nada", disse a mãe de Mink, e se retirou, rindo, para limpar a sala com um aspirador de pó eletromagnético.

As vozes das meninas oscilavam no ar trêmulo.

"Viga", disse Anna. A voz sumindo.

"Quatro-nove-sete-A-e-B-e-X", disse Mink, distante, séria. "E um garfo e um cordão e um... hex... hex... agonia — hexágono...!"

No almoço, Mink tomou o leite de um gole e já estava na porta. Sua mãe bateu na mesa.

"Volte e sente-se", ordenou a sra. Morris. "A sopa quente sai num minuto."

Ela apertou o botão vermelho de seu assistente de cozinha e, dez segundos depois, algo aterrissou com um baque no receptáculo de borracha. A sra. Morris abriu-o e retirou uma lata com um par de alças de alumínio, tirou o lacre com um puxão e serviu sopa quente em um prato.

Durante isso tudo, Mink se remexia.

"Depressa, mãe! É uma questão de vida ou morte! Ahh..."

"Eu era a mesma coisa na sua idade. Sempre vida ou morte. Eu sei."

Mink engolia a sopa.

"Devagar", disse a mãe.

"Não dá", disse Mink, "Drill está me esperando."

"Quem é Drill? Que nome estranho", disse a mãe.

"A senhora não o conhece", disse Mink.

"Garoto novo na vizinhança?", a mãe perguntou.

"Ele é novo sim", disse Mink. Começou a tomar o segundo prato.

"Qual deles é Drill?", a mãe perguntou.

"Ele está por aí", disse Mink evasivamente. "Você vai zombar. Todo mundo zomba. Que droga."

"Drill é tímido?"

"Sim. Não. Mais ou menos. Ih, mãe, eu tenho de ir se quisermos ter a Invasão!"

"Quem está invadindo o quê?"

"Os marcianos invadindo a Terra. Bem, não exatamente marcianos. Eles são... não sei. Lá de cima." Apontou com a colher.

"E de *dentro*", disse a mãe, tocando a testa febril de Mink. Mink se rebelou.

"A senhora está rindo! Vai matar Drill e *todo mundo*."

"Eu não tive a intenção", disse a mãe. "Drill é marciano?"

"Não. Ele é... bem, talvez de Júpiter ou Saturno ou Vênus. De qualquer forma, ele tem tido dificuldades."

"Imagino." A sra. Morris pôs a mão sobre a boca.

"Eles não conseguiam arrumar um jeito de atacar a Terra."

"Somos inexpugnáveis", disse a mãe com seriedade fingida.

"Essa é a palavra que Drill usou! Inexpug... Essa era a palavra, mãe."

"Ai, ai. Drill é um garotinho brilhante. Palavrinha corriqueira."

"Eles não conseguiam achar um jeito de atacar, mãe. Drill diz... ele diz que para fazer uma boa batalha é preciso achar um jeito novo de surpreender as pessoas. Dessa forma, a gente vence. E ele diz também que é preciso obter ajuda de seu inimigo."

"Uma quinta coluna", disse a mãe.

"É. É o que Drill disse. E eles não conseguiam um jeito de surpreender a Terra ou obter ajuda."

"Não é de admirar. Somos fortes mesmo", a mãe riu, terminando a limpeza.

Mink ficou ali sentada, olhando fixamente para a mesa, visualizando aquilo de que falava.

"Até que um dia", sussurrou Mink melodramaticamente, "eles pensaram nas crianças."

"*Bom*", disse a sra. Morris alegremente.

"E eles pensaram no fato de os adultos estarem tão ocupados que nunca procuram debaixo das roseiras ou nos gramados!"

"Procuram somente lesmas e fungos."

"E então tem algo sobre dim... dime..."

"Dim-dime?"

"Dimen-sães."

"Dimensões?"

"Quatro delas! E tem algo sobre crianças com menos de nove anos e imaginação. É realmente divertido ouvir Drill falando."

A sra. Morris estava cansada.

"Bom, deve ser divertido. E Drill está esperando você, e, se vocês quiserem ter sua Invasão antes do banho da noite, é melhor correr."

"Eu tenho de tomar banho?", resmungou Mink.

"Tem sim. Por que as crianças odeiam água? Não importa a época, as crianças detestam lavar as orelhas!"

"Drill diz que eu não vou ter de tomar banhos", disse Mink.

"Ah, ele diz, não diz?"

"Ele disse isso a todas as crianças. Chega de banhos. E podemos ficar acordadas até dez horas e ir a dois programas de televisão no sábado, em vez de um!"

"Bem, é melhor o senhor Drill ter cuidado com o que diz. Eu vou ligar para a mãe dele e..."

Mink foi para a porta.

"Estamos tendo problemas com caras como Pete Britz e Dale Jerrick. Eles estão crescendo. Ficam fazendo gozação. São piores do que pai e mãe. Eles simplesmente não acreditam em Drill. São tão metidos, porque estão crescendo. A gente achava que eram mais espertos. Eram pequenos apenas uns dois anos atrás. São os que eu mais detesto. Vamos matá-los *primeiro*."

"Seu pai e eu por último?"

"Drill diz que vocês são perigosos. Sabe por quê? Porque vocês não acreditam em marcianos! Eles vão nos deixar governar o mundo. Bom, não apenas a gente, mas as crianças do outro quarteirão também. Eu posso virar rainha."

Ela abriu a porta.

"Mãe?"

"Sim?"

"O que é logi-cá?"

"Lógica? Ora, querida, lógica é saber quais coisas são verdadeiras e quais não são."

"Ele *mencionou* isso", disse Mink. "E o que é im-pres-si-o-náveis?" Ela levou um minuto para dizer a palavra.

"Ora, significa..." A mãe olhou para o chão, rindo delicadamente. "Significa ser criança, querida."

"Obrigada pelo almoço!"

Mink saiu correndo, mas voltou, mostrando só a cabeça.

"Mãe, vou garantir que a senhora não se machuque muito, mesmo!"

"Ora, obrigada", disse a mãe.

A porta *bateu*.

Às quatro horas, o audiovisor tocou. A sra. Morris abriu o painel.

"Alô, Helen!", ela saudou.

"Alô, Mary. Como estão as coisas em Nova York?"

"Bem. Como estão as coisas em Scranton? Você parece cansada."

"Você também. As crianças. Dando trabalho", disse Helen.

A sra. Morris suspirou.

"Minha Mink também. A Superinvasão."

Helen riu.

"Seus filhos também estão jogando?"

"Meu Deus, sim. Amanhã, serão três-marias geométricas e amarelinha motorizada. Éramos tão levadas assim quando crianças em quarenta e oito?"

"Pior. Japoneses e nazistas. Não sei como meus pais me aguentavam. Uma capetinha."

"Os pais aprendem a fechar os ouvidos."

Silêncio.

"O que houve, Mary?", perguntou Helen.

Os olhos da sra. Morris estavam meio fechados; a língua deslizava lenta, pensativamente, sobre seu lábio inferior.

"Oh", ela disse de arranco. "Ah, nada. Só estava pensando nisso. Ouvidos fechados e coisas assim. Não importa. Onde estávamos?"

"Meu filho Tim está morrendo de amores por um certo sujeito chamado... *Drill*, acho que é isso."

"Deve ser uma nova senha, Mink também gosta dele."

"Não sabia que tinha chegado até Nova York. De boca em boca, imagino. Parece uma campanha de coleta de metal para a guerra. Conversei com Josephine e ela disse que os filhos — lá em Boston — estão malucos com este novo jogo. Virou uma febre no país."

Neste momento, Mink entrou trotando na cozinha para beber um copo de água. A sra. Morris se virou.

"Como estão as coisas?"

"Quase terminadas", disse Mink.

"Maravilhoso", disse a sra. Morris. "O que é *isso*?"

"Um ioiô", disse Mink. "Veja."

Ela rolou o ioiô fio abaixo.

Ao chegar ao fim do cordão, ele... ele desapareceu.

"Viu?", disse Mink. "Upa!" Esticando o dedo, ela fez o ioiô reaparecer e subir pelo cordão.

"Faça de novo", pediu a mãe.

"Não posso. A hora zero é às cinco horas. Tchau!"

Mink saiu, jogando seu ioiô.

No audiovisor, Helen ria.

"Tim trouxe um desses ioiôs esta manhã, mas, quando fiquei curiosa, ele disse que não ia me mostrar, e quando finalmente tentei jogá-lo, ele não quis funcionar."

"Você não é *impressionável*", disse a sra. Morris.

"O quê?"

"Não importa. Algo em que pensei. Posso ajudá-la, Helen?"

"Eu queria a receita daquele bolo preto e branco..."

***

O tempo passava sonolento. O dia se esvaía. O sol se punha no céu azul tranquilo. Sombras se estendiam pelos gramados verdes. Os risos e a excitação continuavam. Uma garotinha se afastou correndo, chorando. A sra. Morris saiu à porta da frente.

"Mink, aquela era Peggy Ann chorando?"

Mink estava abaixada no jardim, perto da roseira.

"É. Ela é um bebê chorão. Não vamos deixá-la brincar mais. Está ficando velha demais para brincar, acho que cresceu de repente."

"É por isso que ela chorou? Bobagem. Me dê uma resposta decente, mocinha, ou já para dentro!"

Mink se virou com um misto de consternação e irritação.

"Não posso sair agora. Está quase na hora. Vou ser boazinha. Me desculpe."

"Você bateu em Peggy Ann?"

"Não, verdade. Pergunte a ela. Foi alguma coisa... bom, ela é só uma medrosa.

O círculo de crianças se fechou em torno de Mink, enquanto ela olhava de cenho franzido para seu trabalho com colheres e uma espécie de arranjo quadrado de martelos e canos.

"Ali e ali", murmurava Mink.

"O que há de errado?", disse a sra. Morris.

"Drill está preso. A meio caminho. Se pelo menos pudéssemos trazê-lo até aqui, seria mais fácil. Então todos os outros poderiam vir depois dele."

"Posso ajudar?"

"Não, mãe, obrigada. Eu vou dar um jeito."

"Tudo bem. Vou chamá-la para o banho em meia hora. Estou cansada de tomar conta de você."

Ela entrou e sentou-se na cadeira massageadora, bebericando um pouco de cerveja em um copo pela metade. A cadeira massageava suas costas. Crianças, crianças. Crianças e amor e ódio, lado a lado. Algumas vezes as crianças amam a gente, odeiam a gente — tudo em meio segundo. Estranhas crianças, será que elas esquecem ou perdoam as surras e as ordens duras e severas?, ela se perguntava. Como esquecer ou perdoar aqueles acima de você, aqueles ditadores altos e tolos?

O tempo passou. Um silêncio curioso e expectante caiu sobre a rua, aprofundando-se.

Cinco horas. Um relógio cantou brandamente em algum lugar da casa, com voz tranquila e musical: "Cinco horas... cinco horas. O tempo se vai. Cinco horas", ronronando até silenciar.

A hora zero.

A sra. Morris dava risadinhas. A hora zero.

Um carro-besouro chegou zunindo pela entrada da casa. O sr. Morris. A sra. Morris sorriu. O sr. Morris saiu do carro, trancou-o e disse olá a Mink, que estava ocupada. Mink o ignorou. Ele riu e ficou por um instante observando as crianças. Em seguida, subiu os degraus da frente.

"Olá, querida."

"Olá, Henry."

Ela se esticou para a frente, na beirada da cadeira, escutando. As crianças estavam silenciosas. Silenciosas demais.

Ele esvaziou o cachimbo, encheu-o de novo.

"Dia maravilhoso. Dá gosto estar vivo."

Zumbido.

"O que é aquilo?", perguntou Henry.

"Não sei."

Ela se levantou de repente, os olhos se arregalando. Ia dizer algo. Parou. Ridículo. Os nervos em sobressalto.

"Essas crianças não estão com nada perigoso lá fora, estão?", ela perguntou.

"Nada além de canos e martelos. Por quê?"

"Nada elétrico?"

"Caramba, não", disse Henry. "Eu olhei."

Ela caminhou até a cozinha. O zumbido prosseguia.

"Tudo igual. É melhor você mandar que parem. Passa das cinco. Diga a elas..."

Os olhos dela se arregalaram e se apertaram.

"Diga a elas que adiem sua Invasão para amanhã."

Ela riu, nervosamente.

O zumbido ficou mais alto.

"O que elas estão aprontando? Acho melhor dar uma olhada, tudo bem?"

A explosão!

A casa foi sacudida pelo som abafado. Houve outras explosões em outros jardins em outras ruas.

Involuntariamente, a sra. Morris gritou.

"Para cima, por aqui!", gritou do nada, sem saber por quê, sem nenhuma razão. Talvez tenha visto algo com o canto dos olhos; talvez tivesse sentido um cheiro diferente ou ouvido um barulho novo. Não havia tempo de argumentar com Henry para convencê-lo. Deixe que ele pense que está louca. Sim, louca! Berrando, ela subiu as escadas. Ele correu atrás dela para ver o que ela ia fazer.

"No sótão!", ela gritava. "É lá que está!"

Era apenas uma desculpa mal dada para levá-lo para o sótão a tempo. Ah, Deus... a tempo!

Outra explosão lá fora. As crianças gritavam deliciadas, como se em um grande espetáculo de fogos de artifício.

"Não está no sótão", Henry gritou. "Está do lado de fora."

"Não, não!" Respirando com dificuldade, ofegante, ela tateava a porta do sótão. "Eu lhe mostro. Depressa! Eu lhe mostro!"

Eles entraram aos tropeços no sótão, ela fechou a porta, trancou-a, tirou a chave e a jogou longe em um canto entulhado. Agora ela balbuciava coisas sem nexo. As coisas saíam de sua boca. Toda a suspeita subconsciente e o medo que se acumulara secretamente durante a tarde fermentaram nela como um vinho. Todas as pequenas revelações e informações e significados que a incomodaram o dia todo ela havia lógica e cuidadosa e sensatamente rejeitado e censurado. Agora explodiam e a reduziam a pedaços.

"Ali, ali", ela disse, soluçando contra a porta. "Estamos seguros até a noite. Talvez possamos escapulir. Talvez possamos fugir!"

Henry explodiu também, mas por outro motivo.

"Ficou louca? Por que você jogou a chave longe? Droga, querida!"

"Sim, sim, estou louca, se você quer, mas fique aqui comigo!"

"Não sei como vou poder sair desta droga de lugar!"

"Quieto. Eles vão nos ouvir. Ah, Deus, eles vão nos encontrar logo, logo..."

Lá embaixo, a voz de Mink. O marido parou. Havia por toda parte zumbido e chiado, gritos e risadinhas. No andar de baixo, o audiovisor tocava e tocava insistente, alarmante, violentamente. *Será Helen ligando?*, pensou a sra. Morris. *E será que ela está ligando para falar do que estou pensando?*

Passos entraram na casa. Passos pesados.

"Quem está entrando em minha casa?", Henry perguntou enraivecido. "Quem está andando aí embaixo?"

Pés pesados. Vinte, trinta, quarenta, cinquenta deles. Cinquenta pessoas se amontoando dentro da casa. O zumbido. As risadinhas das crianças.

"Por aqui", gritou Mink lá embaixo.

"Quem está no andar de baixo?", berrou Henry. "Quem está aí!"

"Silêncio. Ah, nãonãonãonãonãonão!", disse a esposa, com a voz sumida, abraçando-o. "Por favor, fique quieto. Quem sabe eles vão embora."

"Mãe?", Mink chamou. "Pai?"

Uma pausa.

"Onde vocês estão?"

Passos pesados, pesados, pesados, muito *pesados* subiam a escada. Mink os conduzia.

"Mamãe?" Uma hesitação. "Papai?" Uma espera, um silêncio.

Zumbido. Passos em direção ao sótão. Mink é a primeira.

Eles tremiam juntos no silêncio do sótão, o sr. e a sra. Morris. Por alguma razão, o zumbido elétrico, a estranha luz fria repentinamente visível sob a fresta da porta, o estranho odor e o som alienígena de avidez na voz de Mink finalmente fizeram com que Henry Morris também entendesse. Ele tremia no silêncio escuro, a esposa a seu lado.

"Mãe! Pai!"

Passos. Um pequeno zumbido. A fechadura do sótão derreteu. A porta foi aberta. Mink olhou para dentro, sombras azuis e altas atrás dela.

"Acheeei!", disse Mink.

SOBRE O AUTOR

Ray Douglas Bradbury nasceu em Waukegan, Illinois, Estados Unidos, em 22 de agosto de 1920. O trabalho de seu pai, técnico em instalação de linhas telefônicas, fez a família se deslocar por muitas cidades do país, até se fixar em Los Angeles, Califórnia, em 1934.

Bradbury encerrou os estudos formais em 1938, na Los Angeles High School, mas continuou a estudar como autodidata, enquanto trabalhava como jornaleiro. Estreou na literatura com o conto "Hollerbochen's Dilemma", que surgiu num fanzine de ficção científica entre 1938 e 1939. Sua primeira publicação paga, o conto "Pendulum", escrito em parceria com Henry Hasse, apareceu em 1941 na revista *Super Science Stories*. No ano seguinte, escreveu *The Lake*, obra com a qual fixou seu estilo de escrever, mesclando ficção científica, terror e suspense. Em 1946, tinha seu primeiro conto incluído no *Best American Short Stories*, o que se repetiria em 1948 e 1952. Em 1947, casou-se com Marguerite McClure e publicou o livro de contos de terror *Dark Carnival*. Três anos depois, lançou *Crônicas marcianas*, coletânea de 26 contos com a qual consolidou sua carreira de escritor de ficção científica. No ano seguinte, quando também recebeu o Benjamin Franklin Award por seus contos, escreveu *Uma sombra passou por aqui*, adaptado para o cinema por Jack Smight em 1969. O romance *Fahrenheit 451*, que o consagrou mundialmente, foi lançado em 1953 e filmado em 1966 por François Truffaut.

Atuando como roteirista desde 1953, recebeu o Oscar em 1956 pelo roteiro de *Moby Dick*, filme estrelado por Gregory Peck e dirigido por John Huston. Foi agraciado ainda com o Aviation-Space Writer's Association Award pelo melhor artigo sobre o espaço numa revista norte-americana, em 1967, o World Fantasy Award for Lifetime Achievement, em 1977, e o Grand Master Nebula Award (para escritores norte-americanos de ficção científica), em 1988. Em novembro de 2000, a National Book Foundation Medal for Distinguished Contribution to American Letters concedeu-lhe o National Book Awards.

O escritor, que é também dramaturgo, poeta e ensaísta, continua radicado em Los Angeles, com a mulher. Sua obra mais recente, *Let's All Kill Constance*, foi publicada em 2002.

ESTE LIVRO, COMPOSTO NA FONTE FAIRFIELD
E PAGINADO PELA NEGRITO PRODUÇÃO EDITORIAL, FOI
IMPRESSO EM PÓLEN NATURAL 70G/M² GRÁFICA CORPRINT.
SÃO PAULO, NOVEMBRO DE 2022.